メディアワークス文庫

新装版 恋空
－切ナイ恋物語－(中)

美嘉

目　次

三章　恋迷
新しい涙の味　6
二本の別れ道　65

四章　恋淡
卒業～解かれた手　104
家族の絆　199

五章　恋夢
隠された過去　232
青春の意味　256

三章　恋迷

新しい涙の味

もうすぐ高校二年生も終わる。

テストもギリギリでクリアし、補習もまぬがれて今回は難無く三学期を終える事ができた。

「明日から春休みだけど怠けないで勉強しろよ」

先生の言葉に生徒達は歓声をあげ、一斉に教室を出る。

美嘉《みか》は友達に別れを告げるといそいそと靴を履き替え、小走りで学校を出た。

……高校生活もあと一年か。

「天気いいなぁ～!!　ラララぁ♪」

こんな気分のいい時は自然に歌を口ずさんでしまう。

バス停の前に到着し、時間を確認しようとポケットに手を入れたが、携帯電話がない。

……あ!!　そう言えば机の中に入れておいたままだ。

歩いてきた道を急いで戻り、再び学校へ歩き始めると、前方から仲のよさげなカップルが歩いてきた。

そのカップルとちょうどすれ違った瞬間……。

「美嘉ちゃんだよね？」

美嘉はカップルの女の方に声をかけられ振り返った。

……この顔、忘れられるはずもない。

咲《さき》。ヒロの元カノの咲だ。

美嘉とヒロが付き合っていた時、咲はまだヒロの事が好きだった。

それでたくさん嫌がらせされたよね。

咲の命令でレイプされ、そして咲に肩を押されて……ヒロとの赤ちゃんを失った。

「ずっと話したかったんだよね」

「……話す事なんかないです」

冷たく言い放ちその場を立ち去ろうとしたその時、咲は深く頭を下げた。

「お願い、どうしても話したい事がある」

咲のあまりに必死な態度に、美嘉は仕方なくうなずいた。

咲は一緒にいた男と別れ、二人は若者が集う喫茶店に入る。

咲の顔を見ていると今までの恐怖と怒りが鮮明によみがえり、美嘉の手はテーブルの下でプルプルと震えていた。

「あの時は本当にごめんね。どうかしてたわ。ずっと謝りたかった」

うつむきながら謝る咲。美嘉はそんな咲から目が離せなかった。

謝られても手首の傷が消えるわけではない。

謝られても赤ちゃんが戻ってくるわけではない。

謝られても許せるわけがない。

許さない、一生許さない、許せない。

だけど……何度も何度も謝る咲を見て、心の奥にあった小さな石のかけらが一つだけ取り除かれたような気がしたんだ。

「もう気にしないで⁇ 過去の話だから」

このまま咲を恨み続けたって何かが戻ってくるわけでもないし、忘れる事が一番幸せな方法だと思った。

今はそんな事よりも、もう関わりたくない気持ちでいっぱいだった。

「ごめん。ずっと心残りだったんだ。あの時の私バカだったね……」

人って月日によって変わっていくものだ。

「それよりさっき一緒にいた人彼氏⁇ 優しそうな人だねっ‼」

重苦しい雰囲気を変えようと必死に話題を変える美嘉。

「うん、彼氏！」

「幸せそうでうらやましいなぁ〜‼ あははぁ」

「……ヒロとは順調なの？」

ヒロ……久しぶりに聞く、愛《いと》しく懐かしい響き。でも動揺したりはしない。

「別れちゃったんだぁ～!!」

「そっか」

心なしか咲のおなかがポッコリと大きいように見える。

「あれ⁇ おなか……」

おなかを大切そうにゆっくりとさする咲。

「彼氏との赤ちゃんおなかにいるんだ！」

……咲のおなかに赤ちゃんがいる。その事実は衝撃的だった。

「……そっかぁ、元気な子、産んでね」

「本当ごめんね」

「……もういいって」

美嘉は謝る咲にそっけない態度をとり、喫茶店を飛び出して、学校へ向かって全速力で走った。これ以上咲と話していると、ひどい事を言ってしまいそうだった。

咲に赤ちゃんがいるって知った時、神様は不公平だと……そう思った。

咲は美嘉が妊娠していた事も流産した事も知らない。だからこそ赤ちゃんの話を幸せそうにする咲がうらやましくて……憎くて仕方がなかったんだ。

これから大好きな人との赤ちゃんを産み、大好きな人と温かい家庭で幸せに暮らしていく咲。

赤ちゃんは旅立ち、もうデキないかもしれないと医者に告げられ、大好きな人までもを失った美嘉。

比べてもどうにもならないのはわかっているのに、美嘉の心は醜い嫉妬と憎しみではち切れそうだった。

自分がすごくむなしい人間のような……そんな気がしてならなかった。

学校に着き誰もいない教室で、机の中から忘れた携帯電話を取り出す。

美嘉は静かな図書室に入り、イスに腰をかけた。

気がついた時にはここにいた。

明日から春休みだから、部活動をしている生徒の声さえ聞こえない。

おもむろに携帯電話を開き、かけた番号はヒロのＰＨＳ。

登録はしていない。だけどなぜか指が覚えてしまっている。

ズルイのはわかってるよ……。

ヒロはもう違う誰かを愛してるんだ。

だけどね、指が勝手に動いてるの。

助けてって、そう言ってるの。

自分勝手で未練がましくて弱い、こんな自分が大嫌いだよ。

『おかけになった電話番号は現在使われておりません』

電話越しに淡々と流れるアナウンス。

もしも電話がつながっていたらヒロはどうしてた⁇

美嘉は携帯電話を床に投げつけ、机に顔を伏せた。

つながらないのなんてわかってたよ。

ヒロの幸せを願ったはずなのに……ヒロの幸せが壊れればいいと、そして自分の所に戻ってきてほしいと最低な事を思っている。

美嘉もいつか幸せになれる日が来るのかな⁇

様々な感情を胸に、静かな学校を出た。

自分の最低さを改めて実感した日だった。


風も次第に暖かくなり雪解けの下からふきのとうが顔を出す。

桜咲く進級の季節……春。

春休みはあっという間に終わり、美嘉は高校三年生になった。

この一年ですべての学校行事が〝最後〟になる。

三年生はクラス替えがないから、またみんなと一年間一緒に過ごせると思うとうれしくて仕方がなかった。

——高校三年生の一学期。

「進路希望調査するぞ～」

そう言って進路調査の紙を配る担任の先生。

来年の今頃は、もう高校を卒業してここにはいないと思うとなんだか不思議だ。

一年生の時の進路希望調査では、B音楽専門学校を希望した。

ヒロと約束したんだ。

二人とも音楽が好きだから一緒にB音楽専門学校に行こうね……って。

別にヒロと同じ学校に行きたいわけじゃないよ。

自分が行きたいだけ……なんて必死でわかりやすい言いわけをしてる。

〝B音楽専門学校希望〟

美嘉は紙にそう書いて提出した。

「美嘉は進路どーすんの？」

突然振り向いて問いかけてきたのは前の席のヤマトだ。

「予定は専門学校だよっ!! ヤマトは⁇」

「俺はまだ迷ってんだけど～働くつもり」

ヤマトは働くつもりなんだ、偉いなぁ。

一人で関心していると、ヤマトが続けた。

「そういえばもう少しでゴールデンウイークじゃん？　みんなで遊園地行こうってシンタロウと話してたんだけど、どう？」

「遊園地⁉」

うれしさに身を乗り出す美嘉。

「そう、クリスマスパーティーのメンバーで。帰りは近くの温泉に一泊しようって話♪」

「行く行く行く‼」

「よしっ、じゃあ計画立てとくから楽しみにしとけ♪」

遊園地に温泉……大嫌いな勉強も旅行の事を考えると頑張れる。

計画は着々と進み、ゴールデンウイークが来た。


旅行当日。

「行ってきま～す‼」

まだ夏前なので涼しい風が少しだけ肌寒く感じる。

しかし、まぶしく照りつける太陽がもうすぐ来る夏を予感させていた。

家の前には白とシルバーの二台の車が止まっている。

美嘉はシルバーのケンちゃんが運転する車に乗り込んだ。

車は長い道のりを走り遊園地に到着。

車から降りるともう一台の車から降りてきた優《ゆう》は美嘉の頭をくしゃっとなでた。

「お～美嘉ちゃんおはよ～！」

「優さんおはよ～っ!!」

そんな二人のやり取りを見て、イズミとヤマトとシンタロウが冷やかすような目つきでニヤニヤと笑っている。

その視線に気づいた美嘉は三人に向かって舌を出した。

ゴールデンウイークなだけあって、遊園地は人！　人！　どこもかしこも人だらけ!!

「私あれに乗りた～い♪」

イズミが指差したのは、この遊園地で一番怖いと言われているジェットコースター。

「俺、絶叫系苦手なんだけど！」

ヤマトの顔色がみるみるうちに青白く変化する。

「美嘉も苦手だぁ……」

「大丈夫だよ♪　そんなに怖くないって！」

……大丈夫だよ、そんなに怖くないって。

イズミの言葉を信用したのは大きな間違いだった。

ガタンガタンガタン……。

速度は遅いのに、上がっていく大きな音が余計に怖さを増す。

高所恐怖症の美嘉はこの状況から現実逃避をするため目をぎゅっと閉じるしかなかった。

頂上に着くと一瞬動きが止まり、体がふわっと浮いた瞬間ジェットコースターはものすごいスピードで急降下。

「最高～♪」「イェーイ！」「楽しい～！」

優とシンタロウとイズミの楽しそうな声が聞こえる。

「ギャアァァァ！」「うぉ～！」

アヤとケンちゃんの激しい叫び声も聞こえる。

美嘉は恐怖のあまり息をするのが精一杯だった。

ヤマトの声も聞こえないと言う事は、きっと同じ状態なのだろう。

ジェットコースターを終えて次に並んだのはお化け屋敷《やしき》。

イズミとシンタロウとヤマトの三人が先に入っていき、次は美嘉とアヤと優とケンちゃんの四人の番。

中は真っ暗で遠くにはぼんやりとした光、それに加えて不気味な音楽が鳴り響いている。

はるか遠くではイズミ達の叫び声が聞こえる。

真っ暗な中を歩いていると、突然天井から骸骨みたいな物が足元に転がってきた。

「キャー怖いー！」

甲高い声で叫びながらどさくさにまぎれてケンちゃんに抱きつくアヤ。

ジェットコースターに続いてお化け屋敷が苦手な美嘉は、アヤのように女の子らしく怖がる余裕などなく、足が震えてその場から動けなかった。

「大丈夫か？」

次々と出てくる恐怖の仕掛けに半泣きの美嘉の隣で優しく声をかけてくれる優。

歩くのが遅かったせいかアヤとケンちゃんは先に行ってしまったみたいだ。

「全然平気だもんねぇ〜……」

心配かけないようにと平気なフリをしたが、震える体はその言葉が嘘《うそ》だということを証明している。

「俺のシャツにつかまってええで！」

こんな時、手を握ってこないのが優のいいところ。

友達だから……と、二人の関係をきちんと理解してくれている。

もし優が手を握ってきたら美嘉はきっと拒んでいたし、優の事を信用できなくなっていたと思う。

美嘉は優のシャツのすそをぎゅっと握った。

優が美嘉の想《おも》いに気づいてくれたのかはわからないが、何も言わずに前を歩いていてくれた。

ゴールの光が見え、美嘉はつかんでいたすそを離す。

つかんだ部分が少し伸びてしまっているシャツは……優のやさしさの表れ。

「優さんありがとぉ!!」

「なんもやって。気にせんときぃ！」

しょっぱなから苦手なものの連続のせいで、気分がすぐれない。

しかしそれを言い出せずに元気を装って歩いていたその時……。

「ちょっと美嘉ちゃん借りてくわ！」

優が美嘉の手を引き、みんなの輪から離れた。

優は近くにあったベンチに美嘉を座らせると、走ってどこかに行ってしまった。

「おまたせ！」

ベンチに座っている美嘉のおでこに冷たい缶ジュースを当てる優。

美嘉が缶ジュースを受け取ると、優は隣に腰を下ろし美嘉のおでこに手のひらを当てた。

さっきまで缶ジュースを持っていた優の手のひらはひんやりとして心地いい。

「無理したらあかんで？　具合良くないんやろ」

……みんな気づいてなかったのに、優だけは気づいてくれた。

缶ジュースを一口飲むと、気分の悪さが少し消えた気がした。

「ベンチ痛いやろうから俺のひざに横になってええよ！」

優のやさしさはまっすぐで、下心がないことが伝わってくる。

美嘉は優のそんなやさしさにこたえ、優のひざにごろんと横になった。

周りから聞こえる家族や子供やカップルの楽しそうな笑い声。

そんな中、優のひざ枕で寝ているなんて……なんだか変な感じ。

「美嘉ちゃんて茶色くてきれいな目しとるな！」

顔をのぞき込み美嘉の目をまじまじと見ている優。

ほめられる事に慣れてない美嘉はあわてて言い返した。

「優さんのほうが茶色できれいだしっ!!」

「おだて上手や！　美嘉ちゃんて時々やけど寂しそうな目する時あるよなぁ。遠くを見るような……ほんま一瞬やけどたまにあるで？」

優にすべての気持ちを見透かされているような気がして美嘉は目をそらした。

優の一言一言はものすごく奥が深い。

今までどんな恋愛をしてきたんだろう……気になる。

気分も治ってみんなと合流し、日が落ちるまで存分に楽しみ、遊び疲れたところで温泉へ向かった。

部屋割りはもちろん美嘉、アヤ、イズミの女子グループだ。

部屋に荷物を置き浴衣に着替え、残念ながら事情があってお留守番のアヤを置いて美嘉とイズミはさっそく温泉に向かった。

「露天風呂貸し切り〜っ!!」

子供みたいにはしゃぎながら外に出る二人。運よく露天風呂は美嘉とイズミだけだった。

二人がお風呂へ飛び込むと、水しぶきが激しく飛び散った。

「やっぱ温泉といったら露天風呂でしょっ!!」

足をバシャバシャさせながら大声を張り上げる美嘉。

「ねぇねぇ、隣って男湯の露天風呂かな？　シンタロウ達の声聞こえない？」

イズミの言葉に動きを止める。

「ヤマト〜隠すなって」

聞こえてくるのはまさしくシンタロウの声だ。

美嘉とイズミは顔を見合わせて微笑《ほほえ》み、音をたてないよう耳を澄ませる。

「ちょっ……タオル取んなって！　あ〜優さんまでやめてくださいよ！」

この耳に響く声はヤマトに違いない。

「誰も見てへんって！　男同士やん！」

この関西弁は優だろう。そして大笑いしている声がきっとケンちゃんだ。

「あいつらバカだね〜！　でも楽しそう♪　優さんもケンちゃんも年上ぶらないし話しやすいし、あ〜来て良かった！」

美嘉が大きくうなずくと、イズミは小さくたたんだタオルを頭に乗せ、ひそひそと小声で話し始めた。

「美嘉、優さんとはどうなの⁉」

真剣なまなざしのイズミ。

一体どんな答えを期待しているのだろうか……。

「ど……どうって、なんもないよ‼」

あまりに唐突な質問に声がうわずる。

イズミはキョロキョロと辺りを見渡し、誰もいない事を確認すると、再び話し始めた。

「今日車の中で優さんに美嘉の事どう思う？　って聞いたら可愛《かわい》いしほっとけないって言ってたよ♪」

動揺する心……しかしすぐに冷静さを取り戻す。

「美嘉が五歳の妹に似てるからそう言ってるんだよっ!!」

「でもでも～少し考えてみたら？　これから何回も遊んでみてさ♪　優さんなら私も安心できるし。絶対、美嘉を幸せにしてくれると思うよ！　ね？」

「……わかったぁ!!」

優がやさしくしてくれるのは、美嘉が妹に似てるから。

確かに恋はしたいけど……つらい恋はもう嫌だよ。

優とヒロはどことなく似ている。

背が高いところ。声が低いところ。頭をなでるタイミングや、子供みたいに無邪気な笑顔。

だから優とヒロを重ねてときめいたりする事もある。

でもそれって恋とは違うと思うんだ。

ヒロはヒロ……優は優。似ていても別の人間。

似ているからこそ恋に発展するのが怖いのかもしれない。

これからは、〝優〟という一人の人間を見よう。

長話をしていたせいでのぼせてしまった。

風呂を出て浴衣に着替え外に出ると、ちょうど出てきたヤマト達とはち合わせした。

優と目が合ったが、露天風呂でイズミと優の話をした手前なんだか照れくさくて、目線を地面へとずらした。

別に告白されたわけでもないのに何意識してんだろ……変なの。

「お～浴衣セクシーじゃん♪」

いやらしい目つきで二人を見るヤマトの足を強く踏みつける美嘉。

「ヤマト、それセクハラってやつだよ!!」

「さっき露天風呂でみんなの声聞こえちゃった♪」

イズミがうれしそうにそう言うと、シンタロウは思い出し笑いをしながら話し始めた。

「そうそう。ヤマトってアレが……」

何かを言いかけたシンタロウの口を両手で押さえるヤマト。

「こいつらみんなアホやな？　あ、俺らもか！」

優は笑いながら美嘉に同意を求めている。

「そっ……そうだね!!」

美嘉はなるべく意識をしないよう平然を装って答えた。

隣ではイズミが美嘉の腰をツンツンと突き、ニヤニヤしている。

そんなイズミの二の腕を軽くつねるとイズミは痛そうな顔をした。

部屋に戻ると遊び疲れてしまったのか、布団に入ってすぐに眠りについた。

夢を見ていた。

真っ暗闇の中、座り込んでいる美嘉に大きな手を差し伸べてくれる人がいる。

その手につかまって立ち上がり、ゆっくりと歩き始めた。

歩き始めるにつれ、真っ暗闇だった世界は少しずつ明るくなっていき……。

先は見えないけれど、どこかに向かって歩いている、そんな夢。

美嘉を導いてくれたあの大きな手は誰だったのだろうか……。


「美嘉そろそろ起きなさ～い！」

アヤに無理やり起こされ、朝食会場に向かう。

「「おはよう～……じゃなくておそよう♪」」

みんなからのイヤミったらしいあいさつに耳をふさぎ、胃が痛くなるくらい朝食を食べた。

部屋に帰って一通り荷物をまとめ、楽しい思いを残したまま旅館を出ると外には白とシルバー二台の車がすでに待っていた。

「美嘉はこっちの車でしょ♪」

イズミに半強制的に優が運転する白い車まで連れていかれ、助手席に乗せられた。

……変な気をつかわなくてもいいのに。

「優さんって～どんな人がタイプなんですか⁉」

帰り道の車の中、イズミが身を乗りだして問いかける。

美嘉は冷やかされるのを恐れ、窓のほうを向き景色を眺めて聞いていないフリをした。

「俺はタイプとかないな。好きになった人がタイプやしなぁ～」

運転に集中しつつも優は笑いを交えて答える。

……好きな人がタイプなんて、あいまいな答え。

「年上が好きとか年下が好きとか！　何系が好きとかないんですか～⁉」

何か情報を得ようと必死に聞き返すイズミ。

おそらく美嘉と優をくっつけるために聞いているのだろう。

「年下が好きやなぁ。一番最後に付き合った人は年上やったけど！」

ミラー越しに見えた優の顔が一瞬だけ曇ったように見えた。

悲しそうな悔しそうな……そんな表情。

しかしその表情はすぐに消え、いつも通りの優の顔に戻った。

二時間の道のりを走り、それぞれの家の前に到着すると一人ずつ降りていき、一番家の遠い美嘉が最後なので車の中は二人っきりになった。

「美嘉って呼んでもええか？」

優は車内に鳴り響く音楽の音に負けないくらいの大声で話し、前の車を気にしながら音楽のボリュームを下げる。

「いいですよ〜っ!!」

信号で車が止まり、優はこっちを向いて微笑む。

「敬語使わなくてもええよ。美嘉もいつか優って呼んでな！」

優が今までどんな恋愛してきたかを聞きたかったけど、結局聞けずじまいで、車は家へと到着した。

さっき一瞬だけ優が見せたあの表情を思い出すと……過去の恋愛について聞いたらいけない気がしたんだ。


楽しかったゴールデンウイークが終わりまた学校が始まる。

三年生にもなると卒業が間近なこともあり、暇さえあれば先生は進路の話ばかりだ。

〝B音楽専門学校〟

今日もまたこう書いて提出する。今のところここ以外に行く気はない。

ある日、担任の先生から職員室に呼び出された。

職員室は嫌いだ。タバコやコーヒーの交ざった独特な匂いで胸がムカムカするから。

「いきなり呼び出してごめんな！」

タバコの煙をゆっくりと吐き出す担任の先生。

「ゴホゴホ……で、なんですか⁇」

煙にむせながら呼び出された理由を急ぐ美嘉。

先生はタバコを灰皿にぎゅっと押しつけ火を消すと、進路調査表を見ながら話し始めた。

「美嘉は専門学校希望か？」

「……まぁ」

「大学に行く気はないのか？」

「ないで〜す‼」

「先生は大学に行くべきだと思うぞ。美嘉は英語得意だろ？　卒業しても英語勉強しておけば将来役に立つぞ！」

一見先生は、美嘉の将来を心配して大学をすすめてくれているようだが、自分のクラスの生徒が専門学校に行くよりも大学へ行った方が株が上がるからというだけだ。

英語は確かに好きだし大学に行くのが嫌なわけではない。

……この微妙な気持ち、大人にはわからないよ。

出た。

【好きだった人と昔行く約束してたから】

そんな事言ったら……大人は笑うんだろうなぁ。

「今のところ、B音楽専門学校以外は考えてませ～ん!!」

先生の説得に負けずキッパリと言い放ち、美嘉は残念そうな先生をしり目に職員室を出た。

最近ヒロとミヤビが手をつないで帰っていく姿を確認してから学校を出る。

美嘉が二人の前に姿を現せば二人は嫌な思いをすると思うから。

それが原因で二人が別れたとかになったら……嫌だもん。

美嘉のせいでヒロを悲しませるような事はしたくないの。

だから二人の帰りを窓から見送る、それが毎日の日課だった。

……なんて善人ぶったりしているけど、本当は二人の姿を近くで見るのがつらいだけなのかもしれない。

最近あまり涙を流さなくなった。

泣いても何も解決しない事に気づいたから。

泣いたら確かに気持ちがスッキリするけど、前に進めるわけではない。

だからあまり無駄な涙は流さないと決めたんだ。

そんな大人になったような事を言いながらも、進路調査ではヒロと約束した専門学校を希望している。

もう付き合う事はないとわかっていても……でもどこかでつながっていたいと思っている自分がいるんだ。

……矛盾だらけの恋。


早いものでもう高校生活最後の夏休みが来た。

じりじりと照りつける太陽に熱い砂浜。波の音に騒ぎ声。

夏休みに入り、いつものメンバーで大好きな海に来た。

クリスマスパーティー以来、週に一回はこのメンバーで集まっている。

砂浜に大きいビニールシートを敷き、キャミソールを脱ぎあらかじめ中に着ていた水着で海に向かって走った。

蒸し暑い空気の中、冷たい水が体に染み渡って心地良い。

海には金髪で色黒で背が高い人がたくさんいる。

……なのにいちいち振り返って確認してしまうんだ。

あの人がいるはずないのにね、バカみたい。

夕日が沈む瞬間を、海から見るのが好きだった。

人が減り波の音だけが静かに鳴り響く中でゆっくりと沈む夕日。

今日もまた楽しい一日が終わった!!　……と、充実感を得る事ができる。

夏休みは毎日と言っていいほど海で過ごしたために、肌が焼け水着の跡がくっきりと残っている。

ヒリヒリとした肌の痛みが取れないまま、夏休みは終わった。

――高校三年生二学期。

九月後半。夏と秋のちょうど真ん中あたり。

風はほんのり冷たくなり、夏休みに日焼けした肌も次第に元の色に戻ってきた。

学校で授業を終え、アヤと一緒に玄関を出たその時……。

「あの白い車、優さんのじゃない⁉」

アヤがおもむろに校門の前に止まっている白い車を指差す。

スモークガラスで車体が低く音がうるさいのが特徴のあの車。

たぶん……いや絶対に優の車だ。

その車が二人に向かってクラクションを二回鳴らした時、疑問は確信へと変わり、二人は車へと走り寄った。

「よ～!　お二人さん。遊ぼうぜ!」

助手席の窓から顔をのぞかせたのはケンちゃんだ。奥の運転席には優がいる。

「制服姿見るの初めてやんな？　お兄さん悪い事してる気分やわ！」

二人は車に乗り、そして車は走り出した。

「いきなり来てびっくりしたやろ？」

優からの問いかけに体を乗り出して興奮気味に答える美嘉。

「超～びっくりした!!」

「びっくりさせたかったんだよね！　つーか何する？」

ケンちゃんはそう言いながらCDを入れて再生ボタンを押す。

「あたしケンちゃんか優さんの家に行きたい～♪」

助手席のイスを両手で揺らしてダダをこねるアヤ。

「でも俺んち実家だしな～優の家は？」

「俺独り暮らしやし、来てええよ！」

意見は一致して、優の家へ向かう事になった。

車が止まった場所は茶色い九階建てのマンション。

大学生の独り暮らしって聞くと、木造で虫が出そうなボロボロのアパートを想像していたのに意外だ。

エレベータに乗り到着したのは七階の部屋だ。

「勝手に入っとって。俺、飲み物とか買うてくるから！」

優はそう言い残すと部屋を出ていってしまった。

広いワンルームに、七階なだけあって見晴らしのいい景色。

大きくて低いベッドに、テレビやＭＤコンポ。

コンクリートの壁にはギターが立て掛けてあり、洋楽の楽譜が貼ってあって床の所々に服が散らばっている。

オシャレで、いかにも〝年上の男の部屋〟という感じだ。

「ね、ね。優さんいない事だしアレ探さない？　アレ！」

「うん!!　アレ、探そうっ!!」

美嘉はアヤの言葉をすぐに理解する事ができた。

アヤの言うアレとは……〝Ｈな本やビデオ〟の事だ。

ヤマトの家に遊びに行った時にもアヤと二人で探してみた事がある。

その時は定番のベッドの下から大量に出てきたっけ……。

しかしベッドの下や本棚などをくまなく探したが、いっこうに見つかる気配はない。

健全な男の部屋になら必ずあると自信を持っていたので肩を落としたちょうどその時、玄関のドアが開く音が聞こえたので二人は何事もなかったように正座をした。

「なんで正座しとんねん？　もしかして俺の悪口でも言っとったんかぁ？」

両手に袋を持つ優を横目に美嘉とアヤは顔を見合わせて微笑む。

「まっさかぁ！　今優さんのことほめてたんで～す。ね、美嘉！」

「そうそう優さんていい男だよね～って言ってたんだも～ん♪　アハハ」

二人の行動をすべて知ってるケンちゃんは陰で声を抑えて笑っている。

そして優が買ってきたお酒を一人一缶を持ち、乾杯をして飲み始めた。

アヤと優はこれでもかってくらい飲む飲む。

ケンちゃんはもともとお酒が弱いらしく、飲み始めてからすぐに顔を真っ赤にし、美嘉もちびちびと飲んでいた。

「みんな未成年なのにお酒なんて飲んだらいけないの～っ♪」

しばらくたって美嘉の酔いは最高潮になった。

「大丈夫～俺もう二十歳らよ～！」

ケンちゃんもかなり酔ったみたいで、ろれつが回っていない。

「あたしも～まだ～未成年だからぁ～♪」

お酒の強いアヤも、六缶も飲み、酔ってしまったみたいだ。

「俺やってもう二十歳になったで！」

優はまだまだ余裕の表情を見せている。

「ってかぁ～告白されるならどんなシチュエーションがいい～⁉」

　アヤがケンちゃんの肩にもたれかかって問いかけた。

「俺はぁ～呼び出しとかされたらうれしいかもな～。優は～？」

「俺？　俺はやっぱ直球がええな！」

「じゃあ～美嘉はどんなシチュエーションがいい～!?」

　アヤから突然話を振られ、まさか自分に回ってくるとは思わず何も考えていなかった美嘉は、その場しのぎで思いついた事を、今考えていたかのように適当に言う事にした。

「んとね～プレゼントにたくさんのかすみ草をもらった後、大きい声で叫んで告白された～い!!」

　かすみ草は大好きな花だけど、大きい声で叫んで告白されたいって……それはさすがにわざとらしかったかなぁ。

　言ってしまってから深く後悔したが、もう後の祭りだ。

「なんでかすみ草なの～!?」

　ケンちゃんの問いに美嘉は立ち上がって大げさに両手で丸を作る。

「だってかすみ草って白くて小さくて可愛いじゃんっ♪　これっくらい欲しい～!!」

「そんな告白する人なんて絶対にナルシストだよぉ！　あたしはパスだね！」

　両手でバツを作り力いっぱい否定するアヤ。

「男が花屋で花束買うってなかなか恥ずかしいもんやで！」

美嘉の適当な回答は予想通りブーイングの嵐だった。

でもいいんだ、思いついた事を適当に言っただけだもん。

しばらく飲み続けカクテルを一気飲みした瞬間に、頭がくらくらして目の前が真っ白になり美嘉は意識を失った。


「う〜ん……」

目が覚めると窓の外はもう真っ暗だ。

状況がわからないまま、カバンの中から携帯電話を取り出し、時計を見れば、時間は夜の十一時。

かけられていた布団をのけて起き上がった時、いつもとは違う見慣れない部屋にいる事に気がついた。

あ……そう言えば優さんの部屋で四人で飲んで意識を失ったんだ。

やっとの事で状況を理解したが、部屋の中は誰一人いない。

「アヤ〜？　優さん？　ケンちゃん⁇」

……返答はなし。

静まり返る部屋に玄関のドアが開く音が響いた。

「やっと起きたんか？」

帰ってきたのは優……しかも彼一人だけ。

「あれっ、アヤとケンちゃんは⁉」

「あ～アヤちゃんが具合悪かったみたいで、ケンが送っていったで！」

……ってことは二人っきり⁇

でも友達だしそんなに意識する事もないよね。

美嘉は一人で納得すると、再び布団に潜り込んだ。

「プリン買って来たから食うか？　美嘉プリン好きそうやし！」

「食う～っ♪　プリン大好きぃ‼」

布団から飛び出て、優から受け取ったプリンを無我夢中で食べる。

食べ終わった後、携帯電話を繰り返し確認しながら時間を気にしていると、優はそれに気がついたみたいだった。

「時間やばいんか？　俺が美嘉の親に電話したるか？」

「……大丈夫、どうにかなるから‼」

「俺んち泊まってもええからな！」

さりげない優の言葉に、心臓の鼓動は急速に高まる。

こんな時間に家に帰れば怒られるのは確かだ。

娘を心配する気持ちはもちろんわかるけど、怒られると気分がいいものではない。

美嘉は優に聞こえないように玄関から家に電話をかけ、心配かけないよう女の子の友達の家に泊まると嘘をついた。

「大丈夫やった？」

電話を切って部屋に戻ると、優は美嘉の表情を探るように見つめている。

「うん!! 本当に泊まっていいの??」

親に嘘をついた事はあえて優には言わないでおこう。

「俺は全然かまへんで！」

「ありがとっ!! お世話になりま〜す!!」

……ん？ 待てよ。

アヤはもしかしてわざと美嘉と優を二人にしたんじゃないの??

アヤもイズミもヤマトもシンタロウも……美嘉と優をくっつけたがっている。

優はすごくやさしいし気が合うし大人だしお兄ちゃんみたいな存在で、優も美嘉をまるで妹のように可愛がってくれている。

だからこのままの関係でも十分楽しいし、それなりに満たされてる。

でも、もし優が美嘉の過去を知ったらどう思うんだろう。

それに美嘉は今でもヒロが……ヒロの事が……。

「美嘉さっき爆睡しとったな〜」

優の声で心ここにあらずだった美嘉は意識を取り戻した。

「……まさか寝顔見てないでしょうねっ⁉」

「バッチリ見たで～。ヨダレ大量に流しとった！」

「ギャ～何それっ⁉　最低～‼」

「痛っ！　嘘、冗談やって！」

優はヒザを立てながら、頭をポカポカたたく美嘉の手を押さえ……その瞬間、目が合った二人の動きが止まった。

さっきまでとは違う空気の中で、時計の針の音だけが静かに響いている。

心臓の音が聞こえてしまいそうなくらいに響き、その振動で体が小刻みに揺れている。

美嘉が視線をずらしたと同時に、優はつかんだ手を離しそっと頭をなでた。

「大丈夫、何もせぇへんから」

テレビをつけて沈黙を破る優。

力が抜けた美嘉はその場に座り込んだ。優と手が触れて胸がドキドキした。

だけど……ヒロがさらに遠くなっていくような気がして怖くなった。

ヒロのぬくもりを忘れてしまいそうな自分が……怖かったんだ。

小さく体育座りをしながらうとうとしていると、優は美嘉を抱き上げてベッドまで運んだ。

「あ……ごめんね」

「疲れたやろ？　ゆっくり寝な！」

美嘉に布団をかけてベッドの下で横になる優。

「美嘉が下に寝るよ⁇」

背中に向かって叫ぶと、優は首だけをこっちに向けた。

「何言っとんねん。女の子は体冷やしたらあかんやろ」

「じゃ……じゃあ優さんもこっちで寝よう⁇」

なんて大胆なことを……自分の発した言葉に驚いた。

男と女が一つのベッドに寝るなんて、何も起きないわけがない。

女から言うなんて、ある意味誘っているようにさえ思える。

しかし美嘉はそんな事を少しも考えてはいなかった。

優と知り合って約十カ月がたち、この人なら大丈夫……信用できる。

そう思えるくらい信用していたし絆《きずな》は深まっていたんだ。

「俺ほんまに床で大丈夫やし！」

「ダメだよ、風邪引いちゃうよっ‼」

シャツを無理やり引っ張ってみたが、それでも優は抵抗をやめない。

……こうなったら最終手段に出るしかない。

「優さんが床で寝るなら～美嘉だって床で寝るからね!!」

腹をくくった美嘉の言葉を聞いた優は、困惑した顔をして起き上がった。

「……ったく、そこまで言うんやったらしゃあないな！」

優が隣で横になり、美嘉は避けるよう壁側を向く。

離れていても優の体温が布団から伝わってきて、それがすごく心地良い。

「……美嘉、起きとる？」

軽く夢の世界に行っていた美嘉は、優に呼ばれる声で現実の世界へと引き戻された。

夢の続きかと思ってしまうくらい遠くから聞こえる優の声。

「……ん??」

見えないけど優は美嘉に背を向けて寝ている……そんな気がしたので美嘉は壁を見つめたまま返事をした。

「言いたくなかったらええんやけど、美嘉の昔の男ってどんな奴やったん？」

付き合った人は何人かいる。

でも昔の男と言われて頭に思い浮かぶのは……ヒロの事だけ。

「ヤキモチ焼きで短気でどうしようもない人だったよ……」

こんなの本心じゃない。だけど、いいところを思い出したくはないんだ。

まだ好きな事を認めるのが悔しいから。

「そうなんや。でも、美嘉の今の言い方〝そこも好きだった〟って言い方やったで?」

言葉に詰まった。なぜなら当たっているから。

何も言い返せずに下を向いていると優は話し続けた。

「俺の第一印象ってどんな感じやった?」

突然切り変わる話題に、寝起きで思考能力がついていかない。

「え……あの～最初はぶっちゃけホストみたいで軽そうだなぁ～と思った!! 優さんは⁇」

初めて優を見た時、胸が痛んだ。

その理由は優がどことなくヒロに似ているから。

でもそれは言わない方がいいね。

「軽いホストってなんでやねん! 正直者やなぁ。俺はちっちゃい子やなぁ～って思った。あと何か背負ってるんかな～とも思ったで」

「……なんでそう思ったの⁇」

「前にも言うたけど、時々悲しそうな遠い目しとるから。美嘉は気づいてへんやろうけどな」

悲しそうな遠い目⁇ 優の中で美嘉はそんなふうに映ってるんだ。

「そっかぁ……」

「美嘉のつらさ、俺に話す事はでけへん？」

優のやさしい問いかけに、強がる気持ちが壊れてしまいそうになる。

だけど……過去を話しちゃったら、もうこうして遊んだりできなくなっちゃう気がするんだ。

きっと優が思ってる以上に……美嘉はいろんなものを背負っているから。

「……聞かない方がいいよ、引くよっ!!」

「引かへんって。大丈夫やし、心配せんとき？」

優の落ち着いた低い声が静まり返った部屋に響く。

美嘉は汗をかいた手のひらを握りしめ、ゆっくりと話し始めた。

心の傷……レイプ、過ち……自殺未遂、希望……妊娠、絶望……流産。

優は最後の最後まで何も言わずに聞いてくれていた。

「引いた……よね??」

すべてを話し終えた美嘉の問いかけに返答はない。

背を向けているから優の表情さえわからない。

……そうだよね。レイプされたとか妊娠して流産したとか、そんな事いきなり言われ
ても信じられるはずないよ。

重いとか汚いとか思われちゃうのかな？　優ともこれで終わりなのかな？

話したのを少しだけ後悔した瞬間だった。

「一人で悩んでたん？」

後悔した気持ちは優の言葉によって揺れ動く。

「……え⁇」

「ずっと一人で悩んでたん？」

なんて……なんて答えたらいいんだろう。たくさんの言葉が喉に詰まって声が出ない。

「アホ！ そんな小さい体で一人で抱えてたん？ つらかったやろ……気づいてやれなくてごめんな」

怒ったような……でもやさしい言い方。

優の言葉は美嘉の枯れた心に水を与えてくれる。

たまっていた気持ちが一気に爆発し、美嘉は震える声で話し始めた。

「レイプとか流産とか……苦しむのは女だけで、神様は不公平だなってずっと思ってたの。でもね、男も苦しいんだなって思ったんだ……」

「そうやな。俺うまく言えへんけど、そういう事って体験せなわからん事やし、大人になるためのテストみたいなもんやないかな？」

「……大人になるためのテスト⁇」

「そうやで。神様が美嘉に試練をくだしたんやない？ それを乗り越えられるように。

神様は意味のない試練は与えないからな。それはいつか美嘉にとって意味のある事につながると俺は思うで？」

　やっぱり、優の言葉は奥が深くて心に響くよ。

「……そうなのかなぁ。つながるのかな⁇」

「神様だってそんなに意地悪やないねん！　人生は幸せとつらさが半分ずつなんやって。せやから美嘉はこれから幸せになれる」

　さっきまでは優に過去を話した事、ちょっぴり後悔した。

　でも今は話して良かったと……強く思ってるよ。

　壁側から優の方へと体を向き変えると、優は背を向けてはいなかった。

　ずっと美嘉の方を向いて話を聞いてくれていたんだ。

　向かい合い、照れくさそうに目をそらす二人。

　優の力強い言葉を思い出すと目の奥が熱くなる。

　でももう泣かないって決めたんだ……泣き虫卒業しなきゃね。

「なんで我慢するん？　俺の前では強がらなくてええよ」

　優は美嘉が涙をこらえている事に気づいている。

「我慢してないよ？　美嘉強いもん‼」

　こんな時まで強がりで本当に可愛くない女。

本当は泣いてしまいたいくせに……。

「嘘つかんでええよ。美嘉は人一倍傷つきやすくて弱い子やんな？　俺わかっとるで！　我慢しなくてええから」

その言葉に我慢していた目からは涙がぼろぼろとこぼれ、美嘉は声を押し殺して泣いた。

優はその涙を指先でふき取り、フフッと微笑んだ。

「……ほんまに、強がりやな」

まだ泣き虫は、当分卒業できないみたいだね。

いったんベッドから出てティッシュを二枚取り、美嘉の鼻に当てる優。

「ほら、チ〜ンせい！」

「あ〜い……ぶひーぶひー」

そして使い終えたティッシュを丸めてごみ箱に投げ捨てた。

優は再びベッドへと戻り、右手を美嘉の頭の近くまで伸ばした。

「寒いやろ。俺の腕で寝てええよ！」

「え……いいの⁇」

横になったままちょこちょこと移動し、優の右手の二の腕に頭を乗せる。

久しぶりに触れた人肌はとても温かい。筋肉があって固い腕……男の人の腕。

「優さんってやさしいから、きっと優って名前なんだぁ」

その瞬間、優は突然、美嘉の体に腕を回しきつく抱きしめた。

強い力……熱くて苦しい。

でもなんでだろう、抱きしめられてるのに嫌じゃない。

優の胸の中があまりに温かくて……きっと優は美嘉に何かを伝えようとしてくれている。

それが何かはわからないけどそんな気がするんだ。

ヒロのぬくもりが……ヒロの体温が……だんだん遠のいてゆく。

抱きしめていた力が少しずつ弱まり優の顔が近くなった時、美嘉はそっと目を閉じた。

重なろうとしている二人の吐息に小刻みに震える体。

抵抗しなかったのはヒロを忘れたかったから。

忘れるためなら誰でも良かったわけじゃないよ??

相手が優だから……きっと優じゃなかったら嫌だった。

今までヒロ以外の男と手をつないだりキスをしたりする事は、ヒロを裏切る事だと思っていた。でもヒロには彼女がいて……そう思ってるのはずっと美嘉だけだったね。

もう戻ってくるはずもないヒロのために体を守っている自分が、女々しくて未練がましくて本当はすごく嫌いだったんだ。

優とヒロを少しも重ねていないと言えば嘘になるかもしれないけど、この十カ月間、優と共に過ごして優に少しだけ惹《ひ》かれていたのは確かだった。

……優の茶色く柔らかい髪が美嘉のほっぺにふわっとかかる。

そして優の唇はゆっくりと美嘉のおでこに触れた。

唇ではなくおでこにされて、少し安心している。

優の唇はおでこからほっぺへと移動し……柔らかくて温かくてくすぐったい唇が何度も何度も美嘉の肌に触れた。

触れる唇から優のやさしさが伝わり、傷ついた心が癒《いや》されてく。

二人の唇が重なり合おうとしたその時……優は両手で美嘉の体をゆっくりと抱き寄せた。

「無理やりしてごめんな。俺、我慢できんかって……ほんまごめん」

耳元でささやかれた優の言葉がほてった体全体に伝わり、さらに熱を増す。

謝らないでよ。

唇にキスをしてこなかったのは、きっと優なりに理由があるんだよね。

聞きたい事はたくさんあった。だけど抱きしめる力が強すぎて言葉にならなかったんだ。

抱き合った体からお互いの鼓動が伝わり合っている。

優から伝わる鼓動はゆったりと大きくて……美嘉はその鼓動を聞き、優の腕に抱かれたまま眠りについた。

♪プルルルルルル♪

枕の下、鳴り響く不快な携帯電話の着信音で目が覚める。

寝ぼけたまま手を伸ばし、誰から来たか確認しないまま電話に出た。

『もひもひぃぃ……』

『あっ、もっし〜♪　まさか寝てた⁉』

このテンションの高い声は……。

『……アヤ⁇』

『そっ♪　大正解！』

『……うぅ〜ん、今って何時ぃ⁇』

『昼の三時だよ〜ん♪　まぁ、今日は休日で学校は休みだけどね〜♪　今どこにいるの〜⁉　話あるんだけど会えない？』

今……優の家にいるんだった。

いつもと違う部屋の景色でやっと気づき、それと同時に昨日の出来事を思い出し照れくさい気持ちになった。

『今、優さんの家にいるよっ!!』

受話器を手で覆いながら小声で答える美嘉。

『マジ～!? もしかして泊まり？ いろいろ話聞かせてよ！ あたしも話あるし♪ 夜あたり話せる!?』

『じゃあ夜電話するねっ!!』

電話を切ると視線を感じたので隣を見たら、まだ寝ていると思っていた優がこっちをじっと見ている。

「電話うるさかったかな?? ごめん～!!」

両手をくっつけて謝ると優はあどけない笑顔を見せた。

「起きて美嘉の可愛い寝顔見とったわ。いびきかいてたで～!」

美嘉は一瞬その笑顔に見とれたがすぐに言葉を思い返し、昨日と同じようにほっぺを膨らませて優の頭をポカポカとたたいた。

優にとって美嘉は妹みたいな存在なんだよね。

だから期待はしないの。

優がそんな男だとは思ってないけど……きっと昨日の出来事は優にとって一時の気まぐれだったんだよ。

優とはこの先もずっと今みたいに友達でいれたらそれで十分だから。

「あ〜あ、まだ帰りたくないなぁ!!」

優がシャワーを浴びている間、美嘉はテーブルにひじをつきテレビを見ながら深いため息をついた。

シャワーを終えた優はタオルで髪をふきながらニュース番組に夢中になっている美嘉の背後から顔をのぞかせた。

「美嘉、今日まだ時間あるか?」

「え……時間ありまくり!!」

まだ帰りたくなかった美嘉にとっては待ちわびていた言葉。

優の濡《ぬ》れた髪の毛先からポタリと落ちる雫《しずく》が冷たい。

「じゃあどっか行くで!」

優に続いてシャワーを浴び、まだぬれた髪で制服に着替える。

「髪濡れとるやん、俺が乾かしたるわ!」

洗面所からドライヤーを持ってきてドライヤーで美嘉の髪を乾かす優。

優がふとした瞬間にさりげなくするお兄ちゃんみたいな行動、実は結構好きだったりもする。

「おじゃましましたぁ〜♪」

部屋を出て車に向かう途中、優は車の鍵を指でくるくると回している。

「優さんってさぁ～たまに指で車の鍵回してるよねっ!!」

「俺、緊張した時よくやっとるらしい。くせやねん！」

「えっ、じゃあクリスマスパーティーの時は緊張してたの!?」

「ほんま？　俺、あん時も鍵回しとった？」

鍵を回す手を止め、照れた表情を見せる優。

「回してたぁ。緊張してたんだぁ!!」

「俺、自称シャイボーイやからな。それにしても制服ってほんまにそそられるな～お兄ちゃんやばいわ！」

「ぎゃー!!　変態親父《へんたいおやじ》～!!」

緊張した時に車の鍵を指で回すのが優のくせ。

じゃあなんでさっき車の鍵回してたの??　なんで緊張してるの??

そんなささいな疑問を持ったまま車に乗り込んだ。

「さぁお姫様、どこ行きますか～？」

「海！　海に行きたい!!」

「なんでこんな時期に海やねん！　まぁ今日はお姫様のわがまま聞いたるわ。美嘉は海から見る夕日好きやもんな～」

海へ向かう途中に優がタバコを買いたいと言うのでスーパーに寄り、美嘉は車の中で優が戻ってくるのを待った。

車は海に到着。さすがにこの季節にもなると誰もいない。

「わぁぁぁ貸し切りだぁ!!」

美嘉は靴とルーズソックスを脱ぎ捨て海に向かって走った。

「うわぉあ〜水冷たっ!!」

優も一緒になって靴を脱ぎ、ズボンを軽くまくり上げて水に足を入れる。

「これはやばいわ。でも気持ちいいな！」

渋い顔をしている優に水しぶきをかけると、優もそれに対抗してか水しぶきをかけてきた。

「ちょっ……冷た〜い!! ってか口に入ってしょっぱ〜い!!」

「美嘉からやったんやろ〜。ざまあみろ〜！」

潮のせいでほんのり白く色づいた制服。

気がつけば夕日がまぶしく二人を照らしている。

砂浜に腰を下ろすと、優はタバコに火をつけ音をたててゆっくりと煙を吐き出した。

「妹……やもんなぁ〜」

「ん?? 優は〜美嘉のお兄ちゃんだもんねぇ!!」

まっすぐ前を向き、まぶしそうに目を細めながら、再びタバコをくわえる優。

夕日に照らされた優の横顔があまりにきれいで、目をそらさずにはいられなかった。

「最初は妹みたいやと思ってたのになぁ」

優の言いたい事が理解できない。ただ、いつもと違う雰囲気だという事だけは感じる。

胸の鼓動が高鳴り始めた。

「……いきなりどうしたの??」

優は携帯灰皿にタバコを押しつけて火を消し、立ち上がった。

「ちょっと待っててな」

美嘉は頭をくしゃっとなでて、車の方へと歩いて行く優の背中を見つめ、いつもと違う様子に戸惑ってた。

今にも沈みそうな夕日……後ろから近づく足音。

この足音は優だとわかっているはずなのに振り向けない。

優はすぐ後ろで足を止め、その場に腰を下ろした。

「プレゼントやで!」

優が差し出したのは、両手では持ちきれないほどのかすみ草。

優は再び立ち上がり遠くに向かって叫んだ。

「俺、美嘉の事好きやー！」

……その時ふと思い出したのは、昨日酔った時に美嘉が言った言葉。

〝告白されるなら、プレゼントにたくさんのかすみ草をもらった後に、大きい声で叫んで告白された～い!!〟

……そんなの、その場しのぎでついた嘘だよ??

優だって男が花束買うのは恥ずかしいって言ってたじゃん。

まさか本当にするなんて……全然思いもしなかった。

「こんな感じやろか？」

優の精一杯の照れ隠しの言葉。

美嘉はうつむき、あふれそうな涙をこらえて笑った。

「バカぁ～あんなの冗談で言ったんだよ……」

頭を抱えてその場に座り込む優。

「ほんまに？　俺、カッコ悪いやんなぁ」

顔を上げて優の顔を見るとほんのり赤くなっているように見えた。

夕日が当たっているせいかな。　でもきっとそれだけではない。

「……でもうれしいよ??」

美嘉は優に聞こえるか聞こえないかくらいの小声でつぶやいた。

かすみ草をプレゼントされて大声で告白……すごくうれしかったよ。

昨日言った思いつきの嘘は真実へと変わった。

「俺、本気やから」

優は美嘉の前に座り髪をやさしくなでる。

でもこんな時、思い出すのはやっぱりあの人の……ヒロの顔。

「でも美嘉ね、まだ元カレの事……」

「それでもええねん。俺が忘れさせたるから」

優は美嘉の言葉を最後まで聞かずにさえぎった。

「美嘉のいろんな過去聞いて嫌にならなかったの？　だって美嘉汚れてるんだよ……⁇」

「美嘉は汚れてへん。俺全部受け止める自信あるで？　俺が美嘉を幸せにしてやりたいねん」

「優さんと元カレのこと、嫌ってほど比べちゃうかもしれないよ？　優さんはそんなの嫌でしょ……⁇」

優は少し寂しそうに笑うと、何かを決意したように答えた。

「そんなんわかっとるで。俺、美嘉の元カレの代わりでもええよ。でもいつか越えてやんねん。元カレの事ずっと忘れられへんかったら振ってもかまへん」

優は本当にそれでいいの⁇ つらくないのかな。

優は何も言えずに黙り込む美嘉を、自分の胸へと抱き寄せた。

「ほんまに好きやねん。絶対幸せにしたるから俺と付き合ってほしい」

優とはこのままの関係でも不満はなかったし、正直言って今はまだヒロの事を完璧に忘れられる自信があまりない。

でも優はそれでもいいって言ってくれた。

そんな美嘉を好きだって……絶対幸せにしてくれるって言った。

今は優の言葉を信じてみたいと……そう思ったんだ。

揺れ動く気持ちが固まる。

美嘉は優の胸の中でゆっくりとうなずいた。

突然立ち上がり、裸足《はだし》のまま海へと走っていく優。美嘉も走って優の後を追う。

「俺、絶対昔の男に負けへんからなー！」

「と……突然、何言ってんの!!」

「ほら、美嘉もなんか叫ぶとええよ！ スッキリするで！」

「じゃあ……美嘉は優さんの言葉を信じてみま～すっ!!」

二人は夕日に向かって大声で叫び、ほんのり赤い顔を見合わせて微笑んだ。

砂浜に戻り再び腰を下ろしたその時、夕日がちょうど沈んだ。

優は美嘉の後ろに回り小さい体に腕を巻きつける。

美嘉はもらったばかりのかすみ草の束を両手で持ち上げた。

「かすみ草めっちゃ可愛い〜!!」

「美嘉はなんでかすみ草が好きなん？」

「かすみ草ってわき役でしょ⁇ ほかの花の引き立て役になる事が多いの。だけどかすみ草があるとね、花が引き立つんだよっ!! それってすごい事じゃんっ!!」

自慢げな美嘉の話を最後まで聞き終えると、優は口を開いた。

「かすみ草って白くて小さくて、なんか美嘉みたいな花やな。小さいのに一生懸命頑張ってるしな」

「ありがとっ!! あのさぁ……告白、恥ずかしかった⁇」

優は美嘉のほっぺをぎゅっとつねる。

「当たり前やん。冗談やったとはやられたな！」

「いたたたた。ごめんなさいぃ……もし美嘉が海行きたいって言わなかったらどうしてたの⁇」

「映画行きたいとか言われてたらほんまあせったなぁ〜。……映画館で叫んどったかもしれへんな！」

「優なら本当にやりそうだね‼ でもあのシチュエーションはずるいよ。夕日沈む頃に海なんてさぁ……ずるい」

感動がよみがえり、悲しいわけじゃないのに涙が流れた。

うれし涙？ 感動の涙？ 安心の涙？

それともヒロを忘れる決意の涙？

「強がりかと思っとったら、今度は泣き虫か？」

涙を指でぬぐいながら微笑む優の顔は、ヒロとは違う男の顔。

似てると思っていた頃がまるで嘘のように、今は面影さえ感じられなくて……美嘉は優の冷えきった指先を両手で包み込んだ。

「あったかい⁇」

「あったかいで。これが幸せって言うんかな？」

左のほっぺを優の手のひらにくっつけると、優は後ろから空いてる右のほっぺに軽くキスをした。

「昨日ごめんな。付き合ってないのにあんな事してもうて」

「……謝らないでほしいな」

優は美嘉のほっぺに何度も軽くキスをし、優の唇が触れた部分だけがほんのりと温かかった。

夕方よりもさらに寒さが増す夜の海。

優は自分のコートを美嘉に巻き、後ろからきつく抱きしめた。

昨日よりも胸の鼓動が速く大きい。

優も……優も同じ気持ちかな⁇

優の唇が目の横や首に触れるたび、寒さも忘れるくらい体が熱くなる。

「美嘉、星きれいやで。見てみ？」

耳元で聞こえる優の声に、言われるがまま上を向く美嘉。

またたく星空が見えた瞬間、昨日のように優の髪が美嘉のほっぺにかかり……それと同時に二人の唇が重なり合った。

触れるだけのやさしいキス。震える二人の手がそっと重なる。

波の音だけがリアルに耳に響いている。

様々な想いと気持ちが交ざり合い……美嘉の目からは再び涙があふれた。

ヒロの事忘れられるよね？

美嘉はこれから優を信じ、優とともに歩んでいくんだ。

二人の唇がゆっくりと離れる。

「今日で何回泣いたん？　ほんま泣き虫やな」

「誰のせいで泣き虫になったと思ってんの!!」

立ち上がったその時、美嘉の制服のポケットから何かが転がり落ちた。

……ヒロからもらった指輪。

別れてからずっと制服のポケットに入れたままだったんだ。

優は落ちた指輪を拾い、そっと手に取った。

「これって元カレとの指輪か？」

「うん……」

何で今頃になってヒロとの指輪が出てくるんだろう。

落ちた指輪が美嘉に何かを告げようとしている気がした。

でもそれが何か……今はわからない。

「大事なもんなんやろ？　しまっておき」

拾った指輪を美嘉の制服のポケットに戻す優。

「優さん……ごめんね」

「なんで美嘉が謝るん？　俺はそれでもええってさっき言ったやん！　美嘉は俺の事少しでも好きでいてくれとるか？」

最初は優とヒロがどことなく似ていて……それで優は少し気になる存在だった。

そしてお兄ちゃんのような存在になっていて、なんでも相談できるようになって、一緒にいて落ち着ける存在になっていた。

だけど本当は〝お兄ちゃん〟って言葉を使って、ただ恋愛に背を向けて逃げていたのかもしれない。

本当はいつからか優を、一人の男の人として見ていたのかもしれないね。

「……うん」

優は美嘉の頭の後ろに腕を回し、自分の胸元へと引き寄せた。

「でも俺は二番目やんな？」

〝一番好きだよ〟

そう言ってあげたい。

でも……優、ごめんね。

「いつか俺が美嘉の一番の男になってみせるから」

優は美嘉の返事を待たずに抱きしめる腕をほんの少しだけ強めた。

「ありがとう……」

「ほな風邪引いたら困るからそろそろ戻るで？　美嘉の親もきっと心配しとるだろうしな」

体がそっと離れ、二人は手をつなぎ合って車へと戻った。

優が助手席のドアを開け、美嘉が座ったのを確認してからドアを閉める。

こんな事もこれからは当たり前になるのかな。

優にとって美嘉は〝妹〟から〝彼女〟になったんだ。

そして美嘉にとって優は〝お兄ちゃん〟から〝彼氏〟になったんだね。

海から家の前までの道のりはいつもより長く感じ……その間二人は一言も会話を交わさなかった。

「優さんありがとう、またねっ!!」

車は少し動いたがすぐにブレーキをかけ、止まったと同時に運転席の窓がゆっくり開いた。

「美嘉は今日から俺の女やんな？」

「え⁇　う……うん!!」

「ほなこれから、俺の事、優って呼ばな罰ゲームやから！」

優はそう言い残すと、クラクションを二回鳴らし去っていった。

家に帰り、優からもらったかすみ草の束を握りしめ、昨日と今日の出来事を思い返す。

こんなに束でかすみ草買うの恥ずかしかっただろうな。

今日、車の鍵を指でくるくる回してたのは告白するつもりだったから緊張してたのかな？

考えれば考えるほどうれしくなり、布団に顔を埋めて一人でニヤけた。

「あ……アヤに電話するって約束したんだっけ!!」

カバンから携帯電話を取り出し充電器をつけながら、アヤに電話をかける。

♪プルルルル♪

『は～い！　遅かったねぇ♪』

電話を待ちわびていた様子のアヤ。

『ごめぇん。今帰ってきたんだぁ～!!』

『で、優さんとどうなったの!?』

よくぞ聞いてくれた。実は言いたくてうずうずしてたんだ。

『……付き合う事になったぁ!!』

『マジでぇ!? やったじゃん～おめでと♪　ってかあたしもケンちゃんに告ったよ！』

『え～っ!!　それでどうだったの!?』

『OKもらったぁ♪』

同じ日に、違う場所でも新しい幸せが生まれてたと思うと喜ばしい。

『アヤもおめでとうだねっ!!』

『えへ～ありがと♪　あたし達って同じ日に付き合う事多いよね！　前もあたしがノゾムに告った日に、美嘉とヒロ君付き合ったよね！』

今はなんとなく聞きたくなかったヒロの名前。

『あ、ごめん……』

それに気づいたのか申しわけなさぞうにつぶやくアヤ。

『……大丈夫だってぇ!!　明日学校でゆっくり話そうね!!』

アヤも前に進み始めた。そして美嘉も確実に前進している。

電話を切り、冷えてしまった体をミルク色の湯舟で温める。

優の手、大きかったな。

優の唇……温かかったな。

唇を指でそっとなでたがすぐに我に返り、湯舟に顔を沈めてプハーッと顔を上げた。

いつも一人になると思い出すのは、決まってヒロのぬくもりだった。

だけど今思い出しているのは……ぬくもりや名前を呼ぶ声を思い出しているのは……。

人間って不思議だよね。

絶対に忘れられない恋をして、もう立ち直れないと思っていたのに。

……どんなにつらくても苦しくても忘れられずにいたあの人の事を、時間と新しい出会いが確実に消し去ってくれている。

前に見た夢を思い出した。

美嘉を立ち上がらせて暗闇から光へと導いてくれたあの大きな手。

あの手はヒロではなく……優だったのかな??

美嘉は前へ進むよ。

少し遅くなったけど、時間がかかったけど……信じてみる。

ヒロではないあの人を……信じてみるんだ。

二本の別れ道

「みなさんおはよぉ～!!」

「美嘉～待ってました♪」

「つーか優さんと付き合ったってマジ!?」

「詳しく教えろ。早く。今すぐ」

教室に入ったとたん、イズミとヤマトとシンタロウが期待に満ちあふれた目で答えをせかすように詰め寄ってきた。

その後ろではアヤが両手を合わせて頭を下げている。

アヤの奴……さっそくみんなに話したな。

「ま……まぁね～!!」

優と付き合い始めた事はいずれ話すつもりだったけど、まさかこんなに早く知られるとは思いもしなかった。

「やった～美嘉おめでとう♪」

「優さん人気あるんだぜ。アヤも美嘉も同時に彼氏ゲットだな」

自分の事のように祝福してくれるイズミとシンタロウ。

「昨日優さんちに泊まりだったんだもんねぇ♪」

アヤの冷やかしの言葉にエロスのヤマトが素早く反応した。

「マジかよ！　じゃあもしかしてもうヤッた⁉　ヤッたのか⁉」

「俺は～ヤッてないに千円だね」

「私もまだしてないに購買のパンで！」

シンタロウに続きイズミが賭けを始める。

「あたしは途中までにジュース一本にしま～す♪」

「俺はヤッてない事を願って五百円！」

それをマネして賭け始めるアヤとヤマト。

まったくこいつらは一体何を考えているんだか……。

「「で、どうなの⁉」」

四人の心が一つになったのか、声がそろった。

「……秘密で～す‼」

美嘉は意味深な笑いだけを残して席に着いた。

昨日家の前で別れてから優から連絡が来てない。

いつもなら遊んだ後に必ず《着いたか～？》とか《また遊ぼうな♪》ってメールが来るのに。

なんかあったのかなぁ⁇ 心配だな……。

イズミ達はまだ美嘉と優についてしつこく討論を続けていた。

♪ブーブーブー♪

授業中ポケットの中で震える携帯電話の振動が体中に響き渡り、先生の目を盗んで携帯電話を開いた。

着信：優

……優からの電話だ。

「先生～トイレに行ってきまぁす!!」

大声で叫び席を立ち上がって教室を出る。

電話はすでに鳴りやんでいたので、廊下でかけ直す。

♪プルルルルルル♪

『美嘉～おはよ～さん！』

『今授業中だったんだからぁ～!!』

『ごめんな。昨日別れた後、ケンから電話来て、飲もう言われてサークルのメンバーで飲んでたから連絡でけへんかった！』

まだ少し酔っているのか早口で話す優。

『サークルって優さんの大学のサークル⁇』

『優さんって言うたから教えられへんわぁ』

『ゆ……優の大学のサークル⁇』

初めて優の名前を呼び捨てしたので顔が熱くなる。

『そう～大学のサークルやで！　来るか？』

美嘉の気持ちを知るはずもない優は落ち着き払っている。

『え～っ行ってもいいの⁉』

『ええよ！　じゃあ今日の放課後迎えに行くな。ケンも同じサークルやしアヤちゃんも連れてきていいで』

電話を切って教室に戻り、ノートの切れはしに手紙を書いてアヤに投げた。

【アヤちゃんへ。今、優さんから電話来て学校終わったら大学のサークル来ない？って誘われたんだけど一緒に行かない⁇　ケンちゃんもいるみたいだよ♪　至急返事くださ い‼　美嘉】

アヤはその手紙をニヤニヤした顔で読み、すぐに返事を投げ返してきた。

【美嘉へ♪　マジィ⁉　もちろん行く行く～♪】

休み時間、アヤと放課後の事を話していると何やら視線を感じて振り向いた。

そこで盗み聞きしていた人は……。

「今日優さんの大学に行くの？　俺も行く！　絶対行く！」

……ヤマトだ。どうやら内容を聞かれてしまったらしい。

ヤマトに聞かれたと言う事はつまり……。

「私も一緒に行きたい～♪」

「俺も当然行くけどな」

やはりイズミとシンタロウにも聞かれていたみたいだ。

「じゃあみんなで行っちゃおっか～!?」

美嘉は半ばヤケ気味にみんなを誘った。


放課後。

「あの白い車、優さんじゃねぇ？」

校門でシンタロウが叫ぶとみんなはその車に一斉に駆け寄った。

車を降りて、みんなの姿を見て微笑ましい顔をする優。

「なんで全員集合しとんねん！」

「私達も大学行きたいんで連れていってくださ～い！　美嘉と優さんの詳しい話も聞き

たいし♪」

冷やかしを交えたイズミの問いに、優は美嘉の頭に手を乗せて答えた。

「しゃあないなぁ〜。まとめて連れてったるわぁ！　みんな車乗り〜。もちろん美嘉が助手席やねんけどなぁ！」

美嘉が誇らしげに優を見ていたその時、視線の先に見つけてしまった。

優の大きな体の向こう側でこっちをじっと見ている影。

それは……懐かしいヒロの姿。

こっちを見つめて目線をそらさないヒロ、一瞬目が合う二人。

隣にいたアヤもヒロの存在に気づいたみたいだった。

「も〜美嘉と優さんは本当にラブラブなんだからぁ♪」

わざとらしく大声で叫ぶアヤ。きっとヒロに聞こえるように……。

その言葉が聞こえたか聞こえないかはわからないが、ヒロは少し寂しそうに微笑んだように見えて、美嘉は思わず目をそらした。

玄関から出てきたミヤビがヒロのもとへと駆け寄り、二人は手をつないで歩いていった。

美嘉を心配するがゆえのアヤの行動、それはわかってる。

でも……アヤが叫んだ瞬間〝今の言葉、聞かれてませんように〟って、そう願ってしまったんだ。

彼氏が出来たことをヒロに知られたくなかった。

中途半端でズルい考えがまだ心に残ってる。

重い気持ちと膨らむ優への罪悪感。

「美嘉、どないしたん？」

「……あっ、ぼーっとしてたぁ!!」

優の言葉で美嘉は我に返った。

今は心の中で謝る事しかできません。

……ごめんなさい。

もう戻らない足音に耳を澄ませるのはやめたんだ。

車は大学へと向かい、車内はサークルの話で盛り上がっていた。

「優さんって何のサークル入ってるんすか？」

シンタロウが黒ぶち眼鏡の奥にある目を輝かせて興味津々に問いかける。

「旅行サークルやで〜！」

聞いたところ旅行サークルでは夏にはキャンプを、冬にはスノボをしたり、普通に飲んだりといろんな場所に行くらしい。

高校は、もちろんお酒はダメだし、部活と言えばサッカーとか野球とか吹奏楽とか……聞き慣れたものばかり。

優の話を聞いて、新しい世界を知ったような気がして胸が踊った。

大きな駐車場に車を止め、車を降りてまっすぐな道を少し歩いたところで大学が見えてきた。

広くて大きくてきれいな校舎。たくさんの人の楽しそうな笑い声。

高校とは全くの別世界だ。

……そんなに歳《とし》が離れているわけではないのに歩いている人は大人っぽい人ばかりで、制服の自分が子供のように思えて恥ずかしかった。

「ほなさっそく部室連れてったるわ！」

みんなは慣れない校舎を見回しながら優のあとについていく。

校舎から少し離れた場所にある古い建物に入ると、優は一つのドアの前で立ち止まった。

〝旅行サークル〟。優はそう書かれた紙が貼りつけてあるドアに手をかけ、ゆっくりと開く。

ドアの向こうからはたくさんの人の声が聞こえる。

「今日は俺の友達紹介しよう思って連れてきとんねん！」

手招きする優の後ろで部室に入る順番をゆずり合っていたその時……。

「じゃあ俺が先に行きま～す！」

先頭をきって部室に入っていったのはヤマトだ。

意外に積極的な性格だという事がこの時に判明した。

みんなはヤマトに続き、ぞろぞろと部室に入る。

「この子がケンの彼女やから～」

優がアヤの肩に手を乗せると、アヤは照れくさそうに苦笑いをした。

そして今度は美嘉の肩に手を回す優。

「そしてこのちっこい子が俺の彼女やで！」

優が美嘉の事を彼女だって紹介してくれたのがすごくうれしかった。

みんなに歓迎されながら旅行をした時の写真を見せてもらっていたその時……。

「……美嘉ちゃん、かな？」

背後から声をかけられ振り返る。

そこにいたのは黒くて長い髪が特徴の落ち着いた女の人。

「そうですけど……」

警戒しながら答えると、女の人は安心したのか顔を崩して笑った。

「私はミドリ。二十歳だから美嘉ちゃんより二個上かな？　優からよく美嘉ちゃんの話聞いてたんだよね。思ってた通りの子だったよ！」

「……はぁ」

よくわからない状況だけど、とりあえず返答だけはしておく。

「昨日も優達と飲んでたんだよ！」

この言葉をきっかけに女の勘が働いた。

この人、優の事が好きなんだ。

証拠はないけど、なんとなくそんな予感がする。

「そうですかぁ……」

冷たく答えるのはヤキモチを焼いているから。

「友達にならない？　連絡先交換しようよ！」

優の友達だから断るわけにもいかない。

しぶしぶ携帯電話を取り出し、連絡先を交換した。

しかし、ミドリさんの好きな人が優ではないという事実を知ったのは、かなりあとになってからで。

……そしてその事が大きな事件になるなんて、今は誰も知るはずがない。

外も暗くなってきたので優の車で送ってもらい帰る事にした。

家の遠い美嘉はいつも最後。

でも今日ばかりは優と一緒にいられる時間が長くなるからうれしい。

「どうやった？　いい奴ばっかりやったやろ！」

ハンドルを握りながら問いかける優。

「うん、みんないい人だったぁ!!　大学って楽しいねっ♪」

今日の出来事を思い出し、車内に響く音楽のリズムを足で取る。

「じゃあ大学来たらええやんけ！」

「……えぇ!?」

「俺と一緒の大学受けたらええやん。そしたら毎日一緒にいれるやろ」

でも、でも美嘉はずっとB音楽専門学校に行くつもりで……。

その気持ちは変わらないはずで……なんの答えも出せぬまま家の前に着いた。

「じゃあまたねぇ!!」

車を降りようとドアに手をかけた時、優は美嘉の手をグイッと引っ張り自分のほうへと引き寄せ……そして頬をなでながら唇にそっとキスをし、すぐに唇を離し肩に手を回しきつく抱きしめた。

「優……苦しいよ、どうしたの??」

重苦しい雰囲気の中、優は抱きしめている腕の力をさらに強める。

「何かあったん？　美嘉ずっと上の空やったから不安やねん」

上の空……美嘉ずっと上の空だったかな⁇

そんなつもりは全然なかったのに。

その理由はただ一つ、ヒロに見られたからだね。

美嘉の中途半端な気持ちと行動が優を不安な気持ちにさせてしまった。

優の悲しく小さい鼓動が耳に響き、その鼓動は速さを増すばかり。

それはまるで美嘉の返事をせかしているかのように……。

「そんなつもりはなかったの。優ごめんね……⁇」

優は腕の力を弱めると、ゆっくりと体を離した。

「俺もごめんな。ちょっと大人げなかったな」

目を細めて微笑む優。一瞬、その笑顔が演技っぽく見えたりもした。

鼓動の速さが次第にゆっくりと戻っていく。

車から降りると優はいつも通りクラクションを二回鳴らし去って行き、美嘉は車が見えなくなるまでひたすら手を振った。

それが優に対する小さな罪悪感を少しでも消し去るための、唯一の方法だったのかもしれない……。

家に帰り、カバンの中から進路調査の紙を取り出す。

【B音楽専門学校】

ここ以外に行くなんて考えた事はなかった。

でも、今日大学に行って新しい世界を知った。

優と同じ大学で大好きな英語を勉強したい……そう思ったりもしてる。

ずっと音楽について学びたいと思っていたのに、夢ってこんなすぐに変わっちゃうものなのかな。

本当に音楽を学びたかったから専門学校を選んだの⁇

ヒロと約束したから……その約束を守ろうとしてたんじゃないの⁇

いつかヒロと偶然巡り合える事を期待してたんじゃないの……⁇

認めたくなかった。

だけど、音楽を学びたいだなんてただの言いわけにすぎなかったんだ。

進路は将来に関わる大事な事。

美嘉は大切な人と同じ学校で、本当に学びたい勉強をする。

【B音楽専門学校】

進路調査に書かれた小さな文字。

ヒロと一緒に行く約束をした道を消しゴムで消す。

そしてその上から堂々と大きな文字で書いた。

【K大学希望】

……優が通う大学。学びたい学科がある大学。

過去を捨てて優との新しい道を歩むんだ。

後悔なんかしない。

ヒロと一緒に集めた学校のパンフレットをびりびりと破り、ゴミ箱に投げ入れた。

次の日、新しく書き直した進路調査の紙を担任に渡す。

「やっと大学に決めてくれたか。頑張るんだぞ」

優の通っている大学は、結構レベルが高いと言われている。

英語を勉強したい美嘉が受ける学部は〝K大学外国語学部〟。

優とは違う学部だけど……まぁ仕方ないか。

「ここの大学で何かあったのか？　アヤもイズミもヤマトもシンタロウも今日同じK大学で進路調査の紙出してきたぞ」

先生の言葉に美嘉は開いた口がふさがらなかった。

……全員昨日の大学訪問に影響されてK大学を希望してたとは。

もし全員が合格すれば高校を卒業してもみんなと一緒にいられるのかと思うと、自然に笑いが込み上げてくる。

「美嘉〜何一人で笑ってんだよ⁉」

教室でにやけていると、前のヤマトがその様子を見かねて心配そうに顔をのぞき込んだ。

「別にぃ〜なんでもないよ〜ん‼　あははは」

「なんだよ〜変な奴！　変な物でも食ったか？」

「うるさいっ、ほっとけぇ‼」

アヤもイズミもヤマトもシンタロウも美嘉にとって大好きな友達だよ。

ヤマトが卒業したら働くって言った時、感心した反面、本当はすごく寂しかったんだ。

でもまたみんなで同じ大学に行けるかもしれないのがすごくうれしいよ。

まぁ、恥ずかしいから口には出さないけどね。

優が大学に連れていってくれていなかったら、みんなそれぞれの道に進んで、卒業したらバラバラになってしまっていたかもしれない。

優に出会ったおかげで、すべてがいい方向へと動き始めている。

優に出会えて、今美嘉は本当に良かったと思ってるよ。

話は変わって、全員が一般入試で受験する事になった。

いつもクラスで十番以内に必ず入っているイズミとシンタロウは余裕。

クラスではほぼ平均のアヤと、クラスではかなり下である美嘉とヤマトは猛勉強せざるを得なかった。

一月の試験まであと残りわずか三カ月。

優のスパルタ教育を受け、ラストスパートをかけて必死に勉強した。

たぶんこの時期が、人生のうちで一番勉強しただろう。

雪がちらちらと降り始めた。

マフラーだけじゃもう寒い季節。今年もまたあの切ない季節がやってきた。

しかも、高校生活最後の……。


――十二月二十四日。今日は終業式であり、そしてクリスマスイブでもある。

一年前の今日、優に出会った。

二年前の今日は……思い出さない。そう決めたんだ。

街ではキラキラしたイルミネーションとクリスマスソングの下で、カップルが仲良く過ごしている事だろう。

今日は特別な日だから勉強は休んで優の家に泊まる予定。

もちろん両親には女の友達の家に泊まる事になってるんだけどね!!

終業式が終わり、優の車を待つ間みんなで教室で話をしていた。

「クリスマスパーティーしてからもう一年か」

「一年って早いね〜！」

窓の外を眺めながらしんみりとつぶやくイズミとシンタロウ。

「つーか今気づいたけど俺だけフリーかよ！」

ヤマトは眉間にしわを寄せて舌打ちしている。

「美嘉〜優さんにプレゼント買ったぁ？」

「買ってない〜。プレゼントは料理作ってほしいんだって!!」

アヤからの問いに美嘉はのろけを交えて答えた。

〝俺プレゼント交換て苦手やねん。せやからクリスマスにはプレゼントになんかおいしい料理作ってや！〟

数日前に優が言ってくれた言葉。

美嘉が年下だから遠慮してるのかもしれない。でもここは優の心づかいを素直に受け取ろう。

窓をのぞき優の車がいないか探していると、偶然肩を落として玄関から出てきたミヤビの姿が見えた。

クリスマスイブなのにヒロとは遊ばないのかな??

……それともどっかで待ち合わせしてるのかな⁇

余計な心配と妄想に浸っていたその時……。

「……嘉？　美嘉〜？」

遠くから聞こえたイズミの声で現実へと戻された。

「……あ、ごめん‼　何⁇」

「あれって優さんの車じゃない？」

窓の外を指差すイズミの視線の先には、さっきまではなかったはずの優の車が校門前に止まっている。

優の車に気づかないくらい自分の世界に入っていたみたいだ。

「良《い》いクリスマスを〜‼　バイチャっ♪」

別れのあいさつを済ませ、美嘉は階段を二段飛ばしで駆け下りた。

玄関を出て優の車まで全速力で走る。

優は美嘉に気づいて車から降りると、両手を横に伸ばした。

「ゆ〜う〜‼」

優に飛びつくと、優は美嘉を両手で受け止めてくるくると回し体を雪の上にポンと降ろすと同時に唇に軽くキスをした。

「あ〜苦い……大人の味がするぅ〜‼」

「さっきまでタバコ吸ってたからやな！」

校舎からは何やら聞き慣れた騒がしい声が聞こえる。

よく見ればさっきまでいた教室の窓から四人が身を乗り出している。

「きゃ～ラブラブ～♪　お似合いですね♪」

「学校でイチャイチャするな～」

微笑ましい顔で冷やかすイズミとシンタロウ。

「俺にも幸せ分けろ～！　ちっくしょ～バカやろ～！」

興奮して窓から今にも落ちそうなヤマト。

「このバカップルぅ♪　お幸せに！」

一段と高音を張り上げるのはアヤだ。

美嘉と優は手をつなぎ、四人にわざと見せつけるように教室に向かってつないだ手を上げた。

「ええやろ～見物料取るで！」

「あ～、幸せ幸せ幸せだぁ～!!」

二人のノロけに教室からはギャーギャーと騒いでいる声が聞こえる。

二人はそれをよそに手を振って車に乗り込んだ。

途中スーパーに寄り今日のごちそうを作るための必要な材料を買い、優の家へと向かった。

車を降りトランクからついさっきスーパーで買った材料達を出す。

美嘉が袋を持ち上げようとすると、優はその袋を強引に奪った。

「女の子は荷物持ったらあかん。荷物持つのは男の役目やからな！」

さりげないやさしさ……自然なやさしさがたまらなくいい。

部屋に入りまだ夕食の時間にしては早いが、時間がかかる可能性もあるのでエプロンをしてさっそく料理を作り始める事にした。

料理は結構得意な方だけど、好きな人に作った事なんてないから実はかなり不安だし緊張している。

「……痛ぁっ……」

包丁でじゃが芋の皮をむいていた時、指を切ってしまい指から血が滴り落ちた。

指を切ってしまったなんて事が知られたら恥ずかしいので、優に声が聞こえてないのを確認し、血を水で流し再びむき続けた。

何度も練習したかいあって料理は大成功!! 残るはメインのアレを完成させるだけ。

本の手順通りに作った生地をオーブンに入れる。

生クリームを泡立て、生地が焼けたところでクリームを塗る。

真っ赤な旬のイチゴをのせ……クリスマスケーキは完成した。

見た目は完璧だ。しかし余っていた生クリームをペロッとなめた時、重大なミスをしてしまった事に気がついた。

甘いはずの生クリームがしょっぱい。どうやら砂糖と塩を入れ間違ってしまったみたいだ。

作り直す時間も材料もないので、多少ヤケになりながら、お皿にのせたクリスマスケーキをテーブルへと運んだ。

しかし居間に優の姿はない。

あれ⁇　どこ行ったんだろ。

すべての料理をテーブルに運び終えた時、優が外から帰ってきた。

「完成したん？　おぉ〜うまそうやん！　早く食いたいわ！」

料理が完成したのは、案の定、夕食の時間をとっくに過ぎた頃だった。

すべての料理をおいしいと言って食べ終えた優は、満足げな顔をした。

「ほんまにうまかった。美嘉いい嫁になれるわ！　ごちそ〜さん！」

こんなに喜んでもらえると心から作って良かったと思える。

おなかもいっぱいになり、二人は去年のクリスマスパーティーの事、遊園地に行った事、優が告白してくれた日の事……いろいろな事を思い返し、そして気持ちを語り合った。

思えば優に出会った日から、本気で笑う事が多くなった。

優は元カレに未練がある美嘉を文句一つ言わずに支えてくれている。

つらい事もたくさんあっただろうに、ずっと笑顔で支えてくれたね。

優には本当に感謝の気持ちでいっぱいだよ……。

「そろそろケーキ食べてもええか？」

「ケ……ケーキはまだダメぇ!!」

クリスマスケーキへと伸びる優の手を止める美嘉。

「なんでやねん！　こんなうまそうなのにな〜」

だって生クリームの砂糖と塩入れ間違っちゃったんだもん。

もしバレたら料理下手なんだ〜って思われちゃうよ。

美嘉はケーキにのった生クリームを指先で取り、おそるおそるなめてみた。

……やっぱりしょっぱくてまずい。

マネをして、指先で生クリームを取りなめようとする優。

あせって生クリームがついた優の指を強引に自分の口へと運ぶと、優は美嘉の顔を見てフフッと微笑んだ。

「え〜なんで笑ってるのっ!?」

「唇の横に生クリームつけて、ほんまに美嘉は子供みたいやんなぁ」

優はそう言うと美嘉の唇の横についた生クリームを舌でペロッとなめた。

そんな一瞬の出来事に顔が赤くなり……熱くなっていく。

美嘉は近くにあったクッションに赤く熱くなった顔を埋めた。

顔を埋めたクッションからはかすかに優の香りがする。

人間は一人一人それぞれ香りを持っている。

たとえばお風呂の入浴剤の香り、そして使っているシャンプーの香り、タバコの香り、家に染みついた香り。

美嘉の体はいつの間にか優の香りを覚えてしまっていた。

かすかにする優の香りに酔いしれ、胸の鼓動が速さを増す。

優は美嘉のすぐ近くにいるのに……香りを感じるだけでこんなにも胸をときめかせる事ができるんだ。

……なんか初恋をした少女のような気持ちだね。

優はクッションを強引に奪おうとしたが美嘉は必死に抵抗した。

今優に顔見られちゃったらまずいよ??

……だって、きっと恋する乙女の顔になっているから。

それでもクッションを奪おうとする優に、美嘉は足をバタバタさせながら抵抗を続けた。

「はよ顔見せんとケーキ食うで？」

究極の選択を迫られてしまった。

真っ赤に染まった顔を見られるか、失敗したケーキを食べられるか。

体の動きを止め、仕方なく抵抗をあきらめクッションを手放す美嘉。

ケーキを食べられるより顔を見られた方が幾分マシかな。

顔を上げると優はとても柔らかい顔で笑っていた。

……なんだぁ。〝恋する乙女〟の顔をしていたのは美嘉だけじゃなかったんだ。

だって優もね、〝恋する男〟の顔をしているんだもん。

優は目をそらし、美嘉の左手をまじまじと見つめている。

きっと優が見てるのはさっき包丁で切った左手の指だろう。

左手をさりげなく後ろへ隠そうとしたが、優は強引に美嘉の左手をつかみ自分の顔の前へと持っていった。

「これはぁ……さっきドアに挟まっちゃって～……えへ」

こんな下手な言いわけに優がだまされるはずがないとわかっていながらも、とりあえず言いわけをしてみる。

優は何も言わずに指を見つめたまま沈黙を続けた。

その瞬間、包丁で切った指にとても温かくて柔らかい何かが触れた。

……優の唇。優は傷口にキスをしてくれている。すごく大切な物を扱うように、壊れ物を扱うようにそっとやさしくキスをしてくれている。

指先に触れる柔らかい唇に、胸の鼓動が体に響き渡り、その振動で時折ビクンと体が跳ね上がる。

美嘉は優の姿を見つめ、優の胸の中に飛びついてしまいたくなった。

……でも、そんな勇気はない。

本能のままに行動できればそれはそれでいいのかもしれないけど、そうしてしまって嫌われたらどうしようという不安もある。

それに今、優に抱きついてしまえば、優も男なんだからそれなりの行為が起こる可能性はないとは言えない。

優とならそうなってもいいと……そう思ってはいたけど、いざとなったら少しためらってしまう。

優の大きな手のひらは次第に美嘉の頬へと近づき、温かい手が頬に触れた時、美嘉の胸の鼓動はよりいっそう激しさを増した。

目は閉じているはずなのに……顔が近づいてくるのがわかる。

優が右手の中指につけている指輪が頬にちょうどよく当たり、ほんのりと冷たい。

二人の唇が重なるまであと約一センチというところで、ゆっくりと顔が離れた。

なんで、なんでしてくれなかったの⁇

されると思っていたばかりにされないとなると無性にしたくなってしまう……本能。

不安げな顔で優を見上げる美嘉。

「じらし作戦やで。俺ばっかしとるから美嘉からしてくれんの待っとるわ！」

いたずらっ子のように舌を出して微笑む優。

「ぶぅー意地悪っ‼　じゃあ一生しなくてもいいよ～だ‼」

美嘉はほっぺを膨らませわざとらしく怒ったそぶりを見せた。

自分からキスするなんて勇気があれば……とっくにしてるよ。

スネたフリをしてそっぽを向いていると後ろから物音がしない事に気がつき振り向いたが、優の姿は見当たらない。

怒っちゃったのかな⁇　優がこんな事くらいで怒るわけないのに。

……そんな根拠のない自信を持ちながらも不安になり、きょろきょろと全体を見回す。

「ここにいるで～ビックリしたやろ？」

洗面所の陰に隠れていた優が笑いながら美嘉の元へ近づく。

「知ってたも～ん。別にビックリなんてしてないよっ‼」

さっきのようにほっぺをプクッと膨らませ、怒ったそぶりを見せると、優は指でほっぺの空気を突いて抜いた。

「ほんま美嘉はかわええな～意地悪してごめんな？」

優はそう言うと美嘉の頭をポンポンとたたいた。

どんなに腹が立っても、どんなに意地悪されても、この手で頭をポンポンとされたら怒りなんてすぐに消えてしまうんだ。

優の手を両手でぎゅっと握り、部屋のライトにかざす美嘉。

「優の手って魔法の手だね!!　怒った美嘉を静めたり、涙を乾かしたりしてくれるもんねぇ!!」

優は美嘉にデコピンをするとすぐに、ポケットから小さい箱を取り出し、美嘉の頭の上に置いた。

「これ大したものやないけどプレゼントやで」

「え……だってプレゼント交換苦手だって言ってたじゃん!!　美嘉プレゼントなんて買ってないよ??」

その瞬間、頭からピンクの可愛いリボンがついた白い箱が落ちた。

「美嘉はうまい料理作ってくれたやん。俺からしたら最高のプレゼントやで！」

予想もしていなかった出来事に呆然《ぼうぜん》としながらピンクのリボンを取り、箱を開けると、箱の真ん中にはシルバーハートの横にちっちゃいダイヤモンドがついたネックレスが入っていた。

「うわぁ～ハートだぁ!!　超可愛い～っ!!」

「つけたるで？」

優は近くにあった輪ゴムで美嘉の髪をまとめると、箱から取り出したネックレスをつけた。

カバンから手鏡を取り出し自分を映し出すと、首元でキラリと光るダイヤモンドがすごく可愛い。

「優～うれしい!!　ありがとねっ!!」

力いっぱいお礼を言ったが優からの返答はない。

「あれ？　優??　ありがとね!!」

……やはり返答なし。

持っていた手鏡で後ろにいる優を映すと、優は照れくさそうに下を向いている。

美嘉は勢いよく後ろを振り向き、さっきイジメられた仕返しを始めた。

「も～し～か～し～て～照れてるの～!?」

「お礼言われるのってどうも苦手やねん！」

「じゃあいっぱい言っちゃおう～っと♪　ありがとうありがとうありがとう～!!」

その瞬間、優が突然美嘉の頭の後ろに腕を回し、自分の胸へと引き寄せた。

優の表情はどこか寂しげで……低く通る声で静かに話し始める。

「俺はまだ指輪買ってやれる立場やないねん、美嘉が元カレからもらった指輪を手放せる日が来るまで待っとるからな」

優のつらさを知りながらも、今この場で指輪を手放す事ができない自分が悔しくて情けない。

美嘉はただ優の胸に埋まりながらうなずく事しかできなかった。


温かい体温に包まれたまま時は静かに過ぎてゆく。

「もう十一時過ぎか～時間たつのって早いな」

雰囲気を戻そうとしたのか突然明るい声で叫ぶ優。

携帯電話を開くと……時間は十一時二十分。

もうすぐ日付が変わって、二十五日のクリスマスだ。

……忘れるわけがない。

美嘉には行かなければならない場所がある。

「優、美嘉ちょっと行かなきゃいけない場所がある。すぐ帰ってくるからちょっと行ってもいい⁇」

「こんな時間にか？　どこに行くん？」

「ごめん、それはちょっと言えない……」

優はそれ以上何も聞いてこようとはしなかった。

「ほな俺が車出したるわ！」

「一人でも大丈夫だよ⁇」

「ええから！　近くに車止めておくしその場所までは行かへんから」

優の強引な説得には勝てそうもなく、うなずくしかなかった。

外はもう雪は止《や》んでいたが、ついさっきまで降っていたのか地面にはたくさんの雪が積もっている。

足跡がない雪の上を歩くのは、なぜだかうれしい気持ちになるものだ。

空気が澄んでいて、景色が絵葉書のようにクッキリしている。

外は耳が痛くなるくらい静かで車の音さえ聞こえなくて、息をするたびに口から出る白い息が寒さを物語っていた。

街ではたくさんのカップルが雪が降っていない事を残念がっている事だろう。

空がハッキリと見えるから、落ちてきそうなほどの星のまたたきを見る事ができる。

凍えるような寒さ。

優のポケットに手を入れながら車に乗り込み静かな住宅街にエンジンの音が響いた。

「どこに行けばええ？」

「じゃあ……高校の前で!!　あとコンビニ寄ってほしいですっ!!」

車は学校へ向かう途中コンビニにとまり、美嘉は花とお菓子を買って再び車に乗り込んだ。

お参りの事……優に言った方がいいのかな。

優もきっと気になってはいるんだろうけど聞いてはこない。

……美嘉とヒロの赤ちゃんの事だから、優はいい気しないよね。

いつか優に聞かれた時、そして優が不安になったその時にはちゃんと言うからね。

車は学校の駐車場へと到着した。

「何かあったら連絡せぇよ？　俺はここで待っとるからな！」

「うん……ありがと。行ってくるね!!」

時計を見ると十一時五十分。ぎりぎりクリスマスになる前だ。

去年より早い時間に来たのには理由がある。

去年のクリスマスにお参りに来た時には、すでに花壇にはお花や手袋が置いてあった。

つまりヒロの方が先にお参りに来た……という事になる。

今年はヒロよりも先にお参りしたかったんだ。

ヒロが今年もお参りに来てくれるかはわからないし、もう来てくれないかもしれない。

だけどもし来てくれたとして、美嘉が先にお花やお菓子を置いておいたらヒロは気づいてくれるかもしれないから……。

【ヒロとは離れてしまったけど、赤ちゃんの事は忘れてないよ】

そんなメッセージに……。

積もる雪をかき分けて、公園へと向かう。

学校から近いはずの公園も雪のせいで、到着するのに少し時間がかかってしまった。

花壇の方へ行き、雪をのけて、さっき買った花とお菓子を置いた。

何も置いていないって事はまだヒロは来ていないんだ。

まぁ別に期待してたわけじゃないからいいんだけどね……。

花壇に向かって手を合わせる。

【あれから二年がたちましたね。君は今幸せですか⁇】

天国の赤ちゃんに送ったメッセージ。

そしてヒロに送ったメッセージ。

お参りを終え、公園を出て優の待つ学校の駐車場へ帰ろうと歩き始めたその時……こっちに向かって歩いてくる帽子を深くかぶった人。

なんでわかってしまうんだろう。

……あれはヒロだ。

はち合わせを避けようと反対側の道路に渡ろうとしたが、車が多くてなかなか途切れる気配がない。

美嘉は覚悟を決めそのまま歩き続けた。

ヒロは帽子を深くかぶっているから、きっと気づかないよね。

下を向きながら通り過ぎた時……。

「……美嘉……？」

すれ違った瞬間に腕を強くつかまれ、おそるおそる顔を上げる。

……やっぱりヒロだ。

どうしてヒロは美嘉を引き止めたの。ねぇ、どうして⁇

思いがけない状況に頭が混乱している。

「……久しぶりだな」

懐かしいヒロの声。つかまれた腕が熱い。

「……美嘉？」

ヒロが呼ぶ美嘉の名前。

あんなに遠かったはずなのに、今こんなに近くにいる。

ヒロが……近くにいる。

降り始めた雪がネックレスの上にポツリと落ち、首元を冷たくし、それによって美嘉は現実の世界へと引き戻された。

優からもらったネックレスのおかげで……引き戻されたよ。

「……ヒロっ、久しぶり！　痩せたね!!」

緊張のせいか妙に大声を張り上げる美嘉。

ヒロはあの頃と変わらない笑顔で静かに微笑んだ。

「帽子かぶってるからそう見えるだけじゃね？」

その顔を直視する事ができず、美嘉はヒロの肩を見つめる。

……下を向くと涙が出てしまいそうだから。

「ヒロが帽子かぶってるとこ初めて見たぁ!!」

「今俺の中のブームは帽子だからな！」

もう二度と、こうやって笑いながら話す事はないと思っていた。

いつかどこかでもう一度出会える日が来たら、笑ってイヤミの一つでも言ってやろうと思ってたのに……。

不思議だね、会ったらそんなのどうでもよくなっちゃったよ。

「どこに行こうとしてたの……⁇」

「……近くのコンビニに買い物」

……ヒロの嘘つき。

だってポケットから見えてるよ。

去年花壇に置いてあった白くて小さい花が……見えてるんだよ。

〝美嘉と別れた本当の理由は⁇〟

喉の近くまで出た言葉を込み上げる想いとともにのみ込んだ。

これ以上ここにいると、懐かしさに引き込まれてしまいそう。

今もまだこんなに胸が痛いのはどうしてなのかな。

せっかく前に進み始めてたのに、やっぱり……神様って意地悪だね。

「じゃあまたね……」

耐えられなくなり歩き出す美嘉。

「おい……」

何かを言いかけてやめるヒロ。

「……何⁇」

今自分を守るためには、冷たい態度をとるしかないんだ。

……ヒロ、ごめんね。

「いや、じゃあな」

ヒロは一瞬美嘉の頭に手をのせようとしたが、すぐに手を戻し先を歩き出した。

二人は背を向けたまま別々の道を歩き出す。

ヒロの足音がだんだん遠くなって聞こえなくなっていく……。

足を止め、後ろを振り返ってみた。

もうヒロの姿はない。

公園に行ったのか、コンビニへ行ったのか……。

本当の事はわからないけど……でもね、なんとなくわかっているんだ。

ヒロの足跡が途中でこっち側を向いている。

ヒロ……美嘉がこうして振り向いたように、ヒロも美嘉の方を振り向いてくれてたのかな。

本当は気づいていた。気づいていたけど気づかないフリをした。

すれ違った時、ヒロからはクリスマスに美嘉がプレゼントしたスカルプチャーの香りがした事を……。

あの日……別れた日にヒロの背中を追いかけなかった事、本当は少し後悔していた。

あの時子供みたいに泣きわめいていれば……別れたくないって追いかけていれば、何か変わってたのかな⁇

このまま先を歩き続ければ、優が待ってくれている。
でも道を戻って追いかけたら、ヒロに追いつく事もできる。

二本の道……どっちを選んでもいつか後悔する日が来るだろう。
もう一度傷つく？　安心を求める？
美嘉はどっちに行けばいい⁇
その時……頭の中に響いた名前を呼ぶやさしい声。
そして美嘉は走り出した。

四章　恋淡

卒業〜解かれた手

頭に響いた声は、まぎれもなくあの人だった……。
美嘉は外でタバコに火をつけていた……優に強く抱きついた。
「遅かったな！」
……戻らずに進んだ。優の元に走った。
ヒロの事……追いかけなかった。
ヒロはミヤビと付き合っているから。
……そんなズルイ理由があったのも嘘じゃない。
だけどね、頭に響いた名前を呼ぶやさしい声。あれは確かに優の声だったんだ。
ヒロの事は今でも大好きだよ。
だけど、今、美嘉の心のすきまを埋めてくれているのはヒロじゃない。
ヒロに出会って、たくさん泣いて、たくさん傷ついた。
でも今とても感謝しています。
ヒロには幸せになってほしいんだ。

でも、ヒロは美嘉といたら幸せにはなれないと思う。

そして美嘉も……きっと幸せにはなれない。

一緒にいて傷つけ合うくらいなら、離れてた方がいいね。

二人が再会した時間は、遅すぎたのかもしれない。

二人の間に出来た距離は、遠すぎたのかもしれないね。

幸せって手に入れるのは意外と簡単だけど、それを守り続けていくのが難しいんだ。

これからは優が与えてくれた幸せを守り続けるよ。

ヒロがどうしてスカルプチャーをつけていたのか。美嘉に何を伝えようとしてたのか。

それは今もわからないままだけど……。

今日あなたに会う事ができて、何かが変わったような気がします。

ヒロ、お参りに来てくれて本当にありがとう。今日ヒロに会う事ができて良かったよ。

ヒロもそう思ってくれてるかな⁇


「どないしたん？」

「ふぇぇぇ～ん……」

子供みたいに大声で泣き叫ぶ美嘉を、優はゆっくりと頭をなでて抱きしめた。

「優……優ぅ～……美嘉って呼んで……⁇」

「なんやねん、変な子やな？　美〜嘉！」

「もっともっと!!」

「美嘉美嘉美嘉美嘉美嘉美嘉美嘉〜！」

やっぱり、さっき頭の中に響いたあの声は優だった。

選んだ道は間違ってなかった……よね。

心配して外で待ってくれていたのか、優の手は氷のように冷たい。

さっきヒロにつかまれた腕が、まだほんの少しだけ熱を持っているけど、優の冷たい手が熱を消し去っていく。

優は美嘉を軽々と持ち上げて車に乗せると、家へと向かった。


「ただいまぁ……」

力ない声を発しながら部屋に入り、テーブルに寄りかかる美嘉。

さっき起きた出来事が、すべて夢のようだ。

「これ、かけときぃ」

美嘉は優に手渡された毛布にくるまった。

……温かく心地良い温度。

優のやさしさを当たり前だと思ってはいけない。

こんなやさしい人には、なかなか出会えないよ。

優ともいつか離れ離れになる日が来るのかな⁇

それはどんな時なの⁇

……もうこれ以上、大切な人を失うのは嫌だよ。

毛布を体に巻きつけたまま、向かい合うよう優の脚の上にちょこんと座ると、優は美嘉の体を愛しそうに抱き寄せた。

そして二人の鼻先がそっと触れ合う。

「優……美嘉がどこに行ってたか聞かないの⁇」

「俺は美嘉の事、信じとるから大丈夫。美嘉が話してくれる日まで待っとるからな」

美嘉は一度触れ合う鼻先を離すと、自らの唇を優の唇に重ねた。

……二人の吐息が重なった瞬間。

……本能で動いた瞬間。

照れくささが隠しきれていない……そんなもどかしいキス。

ゆっくり唇が離れた時、優は照れくさそうに微笑んだ。

「さっき一生キスしないって言ってたやん？」

冷静になった美嘉の顔はみるみるうちに赤く染まる。

「……うるさいっ‼」

「自分からするの恥ずかしいって言ってたやん」

「も〜、いいのっ!! 言わないで!!」

美嘉の肩をぐいっと抱き寄せ、耳元でささやく優。

「俺とキスしたいって思ったん?」

美嘉が静かにうなずくと、優は再び体を離し、唇にキスをした。

いつもみたいな軽いキスではなく……体が熱い。何も考えられない。

優は美嘉の腰に手を回し、美嘉は優の首に手を回し、二人は夢中でキスをした。

……まるで何かを忘れようとするかのように。

……まるで不安を消し去ろうとするかのように。

無我夢中でキスをした。

優は美嘉の体をゆっくりと倒すと、唇を首元に移動させた。

「……あっ……………」

美嘉の口からは自然と声がもれる。

優の唇が移動するたびに、体がビクンビクンと反応してしまう。

くすぐったい、でも温かくて気持ちいい……不思議な感覚。

美嘉は優の体に手を回し、強くしがみついた。

……選んだ道、愛しい人。

優は唇を離すと、応えるように美嘉の体をぎゅっと抱きしめた。

まだ心のどこかに小さな塊が残っている。

それを取り除く方法はたった一つ……優の体温に包まれる事。

……優と一つになりたい。

この時心からそう思ったんだ。しかし優の口から出た言葉は……。

「美嘉、ごめんな」

夢のようにもうろうとしていた頭が一気に冷める。

優はどうして謝っているの⁇

「……え⁇」

「まだ嫌やったよな。俺、我慢できんくて……ごめんな」

頭の中で何通りもの妄想が駆け巡る。そしてたどり着いた一つの結果。

……もしかして。

強くしがみついたから、美嘉が怖がっていると思ったのかな⁇

違うよ。愛しいと思ったから、しがみついたんだよ。

「俺、美嘉の事、大事にしたいねん。傷つけたくないねん。せやからまだ手出したりせえへんから安心してな」

優はやさしすぎるよ、やさしすぎてたまにつらい時があるよ。

優が美嘉を大切にしてくれる気持ちはすごくうれしいよ⁇

でも美嘉が今欲しいのはそんな言葉じゃない。

心の奥底で眠っている不安を今すぐ取り除いてほしいの。

「……違うもん……」

「何が違うん？」

「すごい好きだと思ったから……だからしがみついたの。優とだったら傷ついたりしないよ⁇ 優のバカぁ‼」

心がつぶれてしまいそう。こんな言葉で優に伝わるのかな⁇

「優のやさしさはすごくうれしい。けどね……不安になる事もある。もっと美嘉を求めてほしいよ……」

混乱して自分でも何言ってるのかわからない。

だけど、もっともっと愛を感じたかった。

優に愛されてる証明が……欲しかったんだ。

優は半ベソの美嘉を持ち上げると、ベッドまで運んだ。

「俺、ほんまアホやな。女の子にそこまで言わせて。美嘉がそんなふうに思ってたなんて全然知らへんかってん」

ヒロの家で目隠しをされ手を縛られ、鏡の前で無理やりさせられた愛のない行為……

これが最後にした日だった。

優はそれを知っている。だからこそ怖がる美嘉のためにずっと我慢していてくれたんだ。

優は美嘉の体をベッドにそっと倒すと、髪をなでながら自分の唇で美嘉の唇を挟むようにしてキスをした。

優の舌がゆっくりと入り、美嘉もそれに応えるかのように舌をからめる。

……熱く溶けそうな体温。

「……んんっ………」

自分が自分じゃなくなってしまいそうな感覚。

優は唇を離すとちょっぴりかすれた低い声でささやいた。

「美嘉のそんな声聞いたら、俺止められへんよ?」

今まで聞いた事のない優の声に……美嘉の心臓が大きく鳴り響く。

制服のリボンを取られ、Yシャツのボタンを一つずつはずされる。

唇は徐々に体へと移動する。

頭から指先まで体中が敏感になっていて……唇が体をはうたび体がビクンと小さく跳ね上がった。

優のやさしさが体中に伝わる。

そして唇が左手首に移動しようとした時、美嘉はハッと我に返った。

左手首には病院で切った傷跡と根性焼きの跡が……今もある。

苦しく悲しかった日々を痛々しいほど表している傷。

優はライトによって生々しく鮮明に照らされている手首の傷をじっと見つめると、同じ場所に何度も何度もキスをした。

さっき包丁で切った指の傷にキスをしてくれた時のように……。

「こんな傷、俺が消したるわ。俺は絶対、美嘉につらい想いさせへんから」

優の言葉が心に響き渡る。

そして優の手が、太ももをなでた時、美嘉は優の手を止めた。

「ダ、ダメっ……!!」

その言葉に、心配そうな表情を見せる優。

「やっぱ怖いやんな? 無理せんでええから」

「怖いとかじゃなくて……あのね、自分が自分じゃなくなるみたいで恥ずかしいのっ!!」

優は顔を覆った美嘉の両手をよけると、美嘉の右手を自分の左手とそっと重ね合わせて強く握った。

「何言っとんねん。俺は美嘉が気持ち良くなってくれたらうれしいで? 全然恥ずかしいとか思わんくてええから、いろんな美嘉が見たいねん」

優は下着をそっと脱がし……そして細くて長い指をゆっくりと動かした。

「……んっ………」

自分の大きな声で我に返り唇をかみしめる美嘉。

優はすかさず美嘉の気持ちを見透かす。

「我慢しなくてええよ。美嘉の声いっぱい聞きたいから」

優の指はゆっくりと動き、そのたびに体が反応し声がもれ……いつもの自分がどこかへ行ってしまうような気がして怖くなった。

今まで感じた事がない初めての感覚。優の手はやっぱり……魔法の手だ。

二人が一つにつながろうとした時、美嘉は強く目を閉じた。

……なんでだろ。

こんな時に、過去の出来事やさっきヒロに会った映像がよみがえる。

レイプされた事。

ヒロと図書室で愛し合った事。最後にした愛のない行為……。

大好きな人と一つになろうとしてるのに。つながろうとしてるのに。

……本当にバカだ。

「……美嘉、目開けて」

静かな空間に響く優の声で思考が途切れた。

言われるがままにきつく閉じた目をゆっくりと開く。

最初に見えたのは、悲しそうな優の顔。

「今ここにおるのは……美嘉の隣におるのは、レイプした奴でも元カレでもなく俺やから。今だけでもええから俺だけを見てほしいねん」

そして最後に見えたのは悔しそうな優の顔。

からみ合った優の手を強く握り……そして二人は一つになった。

重なり合う体温や握った優の手がすごく熱くて、優の悲しみや不安や寂しさ……そして美嘉の事を強く想ってくれている気持ちが痛いくらいに伝わってくる。

「優、優の事好きだからね……」

「俺も美嘉の事めっちゃ好きやから」

優への愛しさが込み上げてくる。それと共に、体がフワフワと浮き上がる変な感覚。

「あ……ダメ。なんか変な感じ。なんか怖いっ……」

その瞬間、腰がふわっと浮き上がり頭が真っ白になった。

たとえるならジェットコースターで急降下するような、そんな感覚。

美嘉はそのまま意識をなくし、眠りについた。

「ふぁああよく寝たぁ……」

カーテンのすきまからもれるまぶしい光に目を覚ました。

優の姿はなく、乱れた制服に思い出すのは昨日の出来事。

あ……意識なくてそのまま寝ちゃったんだ。

制服のボタンが一つズレていて、リボンもよじれているところを見ると、美嘉が寝ている間、風邪を引かないよう一生懸命に制服を着させてくれた……そんな愛しい優の姿が目に浮かぶ。

そしてもう一つ重大な事に気がついた。

テーブルの上にあったはずのクリスマスケーキがほとんどない。

美嘉が寝ている間に食べてくれたんだね。

しょっぱい生クリームなんておいしくなかったはずなのにね。

ガチャッ。

玄関のドアが開く音が聞こえて、美嘉は反射的に寝たフリをした。

優は静かに部屋に入り、美嘉に布団をかけ直すと、ほっぺにキスをして洗面所へといなくなった。

優がいなくなったのを確認し、枕に抱きつきながら一人照れていると、背中にあったリモコンのスイッチが入ってしまい、テレビの音が部屋中に響いた。

その音で美嘉が起きた事に気づき、洗面所から部屋へ走って戻ってくる優。

「おー起きたんか？　おはよーさん」

「起きたぁ!!　おはよっ!!」

本当はちょっと前から起きてたけど……ね。

「そう言えば美嘉にこれ買ってきたで！」

そう言って袋から出したのは美嘉の大好きなプリンだ。

「えっ、外行ってたのはプリン買うため⁇」

「そうやで。あとタバコも吸いたかったしな！　ってなんで俺が外行ってたの知っとるん？　さては……タヌキ寝入りしてたんやな？」

タバコが吸いたかったから外に行ってたの⁇

そういえば優って部屋でタバコ吸わないよね。

もしかして美嘉が吸わないから、いつも外で吸っててくれたのかな⁇

美嘉は優のそんなさりげない気づかいが好きだよ。

優は美嘉を両手で持ち上げ、部屋中をくるくると回り始めた。

「あ〜目〜回る〜ギブギブ!!　もう嘘つきませんっ!!」

いつもと変わらない光景に、いつもと変わらない二人。

だけど心は昨日よりも確実に近づいている。

「たっだいまぁ〜♪」

自分の家に帰り、優の事を考え一人でニヤケながらミシミシと鳴るベッドの上を意味もなく転がる。

一瞬だけ……本当に一瞬だけどヒロの顔が頭によぎった。

もう後戻りはできない、だから考えても仕方ないよね。

それからは何かが吹っ切れたように美嘉は受験勉強に励んだ。


年は明け、新年。初夢を見た。

ピンク色の手袋をした赤ちゃんが泣いている。

「どうしたの⁇」

聞いても返事はない。抱いてあげようと手を伸ばしても届かない。

『どうして追いかけなかったの……？』

赤ちゃんは悲しい表情で確かにこう言った。

「ちゃんと行きたい道に進んだよ」

美嘉の返答に赤ちゃんの丸い瞳から涙が流れ出る。

『あなたは逃げた。楽な方に逃げた。またつらい思いするのが怖かったんでしょ？』

「違う……違うよ……」

顔を大きく横に振って否定する美嘉。

『本当は、本当は公園に戻りたかったんじゃないの……？』

何かを必死で訴えようとする赤ちゃん。

「違う、美嘉は優を選んだの。後悔なんてしてないよ……」

『どうして……どうして？　どうして追いかけなかったの？　どうして話聞いてあげなかったの？』

「もうやめて……優を選んだの。そう決めたんだよ……」

赤ちゃんはそのまま暗闇へと吸い込まれるようにして消えていった。

目が覚めた時には、なぜか涙があふれていて、

……どうしてこんな夢を見たんだろう。赤ちゃんは何を言いたかったのだろう。

一体何を伝えたかったのだろうか。


──高校三年、三学期。

「みなさまおはよ～でぇす♪　久しぶりっ!!」

「美嘉～おはよん！」

教室のドアを開けたと同時に、あいさつを返してくれたイズミとシンタロウカップル

を見て、学校が始まったと改めて実感する。

「美嘉～クリスマスどうだった⁉」

イズミの問いに美嘉は自慢げに答える。

「クリスマスはめっちゃ最高だったよん‼」

「お～言うね言うね」

ガラガラ。

シンタロウの声と同時に教室のドアが開き、クラス中がざわめいた。

その原因は……ヤマトだ。

ヤマトは、超がつくほどギャル男に大変身している。

「お～っす⤴」

「ヤ……マト」

持っていたペンを床に落とすイズミ。

「お、なんか、美嘉、雰囲気変わったな～⤴」

「えっ、そう⁇　ヤマトほどじゃないけどね……」

「何があった？」

真剣なシンタロウの問いに、ヤマトはカバンから手鏡を取り出し髪をサッと整えた。

「俺、彼女出来たんだわ⤴　その子ギャル男好きでさぁ～⤴」

この時、確実に美嘉とイズミとシンタロウの心の声がそろった。

ヤマトって〝単純〟だったのか……。

「彼女って、この学校の子⁇」

苦笑いをした美嘉の問いに、親指を立てウィンクしながら答えるヤマト。

「いやいや違う学校だぜぇ⤴」

わざとらしく語尾を上げて、話し方もギャル男を意識している様子。

「あんた受験する気あんの？」

「バリバリあるぜぇい⤴」

イズミの厳しい口調も、今のヤマトには効かない。

「おはぁ～♪」

後ろから話に割り込んできたのはアヤだ。

隣のギャル男がヤマトだという事にはまったく気づいていない。

「あれ～？　美嘉、何か雰囲気変わった～フェロモン出てる♪」

「だよな～俺も思った⤴」

横から口を挟むヤマト。アヤは眉をしかめながらヤマトの顔を凝視した。

「……は？　ヤマト？　何その変な髪の色におかしい顔の色！」

「彼女の好みがギャル男らしいよ」

興奮するアヤに反し冷静に答えるシンタロウ。

「ヤマト彼女出来たの⁉　でもその変化はありえないから、あははは！　それより美嘉は何かあった⁉」

話題はヤマトからあっさり美嘉へと変わる。

「確かに大人っぽくなったよね♪　もしかして優さんと……」

イズミが何を言いたいのか大体の想像はつく。

「ヤッちゃったとか⁉」

アヤからの一声は、一言一句がまさに予想通りだった。

「マジで？　そこんとこどうなんだよ♪」

髪をいじりながら問いただすヤマトをよそに返事を考える。

……待てよ。

いい事を考えた。

「みんなが先に教えてくれたら教えるよ～‼」

こうすれば美嘉だけじゃなくみんな犠牲になる。ナイス‼

すかさず口を開いたのは下ネタ上等のアヤだ。

「あたし達は毎日バリバリって感じ♪　でもケンちゃんちょっとあれなんだぁ～早いの！　イズミちゃん達はどうなの？」

「俺らもだよな～イズミなんてもう毎日うるさくて……痛っ」

シンタロウの言葉をさえぎり、手加減なしでげんこつをするイズミ。

「シンタロウなんて口だけだよ！　いざとなったら勇気ないとか言い出すんだもん。まだ未遂だよん♪」

「まぁ残念ながらそーゆー事だ。ヤマトはどうなの？」

ヤマトは彼女の事を思い出したのか、ニヤッと不気味な笑いを浮かべた。

「彼女、経験ねーしまだ手出すわけにはいかねーよ♪♪」

その言葉を聞いてみんなが思った事はただ一つ。

ヤマトをここまでギャル男に変えてしまう彼女は本当に経験がないのだろうか……。

「美嘉は美嘉は～⁉」

返事を急ぐアヤに、美嘉は親指と人差し指で小さな円を作った。

その場は急激に盛り上がり熱を増す。

「マジで⁉　嘘！　マジで⁉」

「どうだった⁉　どんな感じ⁉　詳しく！」

立ち上がり興奮するみんなの勢いに圧倒されつつも、美嘉は両手を使ってハートを作り、少し乙女チックに答えてみた。

「超～幸せでした♪」

「ったく幸せそうな顔しやがって～↑」

そう言って冷やかしながら自分も幸せそうに微笑んでいるヤマト。

「いや～本当におめでとう♪♪」

イズミはお母さんのように頭をなでてくれた。

「じゃあ、みんなカップルになったんだな」

シンタロウの言葉を聞いてアヤが一つの提案をする。

「じゃあ、卒業式の日にカップルで集まって卒業パーティーしない？」

「それいい!! 賛成～♪」

期待に満ちあふれた四人の声がそろった。

とりあえずは、受験を乗り越えなければならない。

みんなで合格して笑顔で卒業できたらいいな。

この時、あの人が会話を聞いていた事に、まったく気づきもしなかった。


その日の昼休み。

「ちょっと話せる？」

席を移動しようとした美嘉の前に立ちはだかった人……ミヤビだ。

なんで今頃ミヤビが話しかけてくるんだろう。

ミヤビの腕からは、最近までつけていたヒロのブレスレットがなくなっている。

……なんだか嫌な予感。

避けようとしてもミヤビはその場を動こうとはしない。

「話したいんだ」

あ〜イライラする。今さら何を話すの⁇

まさかヒロとの恋の悩みを聞いてくれとでも言うわけ⁇

「……話す事なんかないし。あっち行って‼」

強気な美嘉の言い方に、ミヤビの顔色がみるみるうちに赤くなった。

「何よ、その態度。私知ってるんだからね。美嘉が弘樹《ひろき》の子ども中絶したの知ってるんだから！」

教室中に響き渡るミヤビの声。その声にクラス中が静まり返る。

「え……なんでそれ……」

顔をさらに真っ赤にして、怒りで震えながら叫び続けるミヤビ。

「弘樹から聞いたんだから。中絶なんて最低だよ！　私なら絶対産むよ！　人殺しのくせに！」

「え……ちょっと待っ……」

「さっき聞いてたんだから。新しい彼氏ともヤリまくってんでしょ？　男好きだね！」

周りの視線が痛い。イズミ達の顔を見る事ができない。

重苦しい雰囲気に耐えられず、美嘉は机の横にかけてあるカバンを取り教室を飛び出た。

ヒロ……ずっと美嘉の事、人殺しだって思ってたの⁇

階段を駆け下りようとしたその時……。

「ちょっと待て」

美嘉の腕をつかみ、引き止めた人。……ノゾムだ。

「ヒロは悪くねぇよ！　ミヤビがヒロの部屋に飾ってある赤ちゃんの写真を見つけて、これ何？　って聞いたんだ。でもあいつは何も言わなかったんだよ」

「もう……いいの……」

「ミヤビはその写真見て、美嘉との子？　って聞いたんだ。でもその時ヒロは大切な人との事だから言えねぇって……そう言ってたんだよ」

「もういいって……」

「俺、その場にいたしヒロは悪くねぇよ。ミヤビはフラれた腹いせで言ってんだよ！」

美嘉はノゾムにつかまれた手を強く振り払い、逃げるように学校を飛び出た。

今はノゾムの言葉を理解する余裕がない。

どこかに……どこかに行きたい。だけど、ヒロとの思い出の川原……そこには行かない。

もう過去には頼らないって決めたから。

美嘉が走ってたどり着いた場所は見知らぬ大きな公園。そこにあるベンチに腰を下ろした。

……優とヤリまくってた??

優とのあんなに温かくてやさしかった日をそんなふうに言わないでよ。

ヒロとの事は、確かに……確かにあれは世間一般からすればただの〝中絶〟だったのかもしれない。

でもね、産みたかったんだよ?? 美嘉だって、殺したくなんてなかったよ。

もっともっと生きてほしかった……抱っこしてあげたかった。

ヒロが憎いんじゃなく、ミヤビが憎いんでもない。

赤ちゃんを産んであげられなかった自分自身が……一番憎い。

〝中絶〟

中絶は人殺しなのかな?? それをする事によって必ずたくさんの傷を背負う。

理由もなく、してしまう人も中にはいると思う。

でもね、産みたくても流産しちゃった人……親に反対されてしまった人……彼氏に反対された人……レイプをされて妊娠してしまった人……。

いろんな事情があるの。

みんなそれぞれ心の傷を背負って苦しんでいるんだ。

傷を背負ってそれをつぐなおうと思っているなら、それは人殺しではないと……そして赤ちゃんも救われるんだと、そう思いたい。

ミヤビに言われた事は、当たっているからこそショックだった。

イズミにもヤマトにもシンタロウにも、妊娠の事は言ってなかった。

ずっと言えなかったの、嫌われるのが怖かったから。

でも知られちゃったから、この先どうなっちゃうのかな。

♪ピロリンピロリン♪

考え込んでいた時に届いた一通のメール。

唯一あの中で美嘉の妊娠の事を知っていたアヤからだ。

《今から駅前のカラオケに集合》

今から……⁇

混乱する頭の中を整理し、美嘉は駅前のカラオケへと走った。

カラオケの前には、アヤとイズミ、ヤマトとシンタロウが全員集合している。

気まずい雰囲気の中、アヤに腕を組まれ、強制的にカラオケへと連れていかれたが、その間アヤ以外とは一言も会話を交わさなかった。

……重い沈黙……。

隣の部屋から聞こえる歌声だけがむなしく響き渡っている。

「あ～あ、マジひでぇよな～♪♪」

天井に向かって手を伸ばし、ため息をつきながら沈黙を破ったのはヤマトだ。

ヤマトに続いて腕を組んでいたシンタロウが口を開いた。

「俺らってそんなに信用ねぇかな～」

そして怒った表情のイズミが、美嘉のほっぺを軽くたたいた。

「どんなこと聞いても、美嘉の事、嫌いになったりなんかしないよ？」

「美嘉ぁ、全部話したらスッキリするよぉ！」

アヤが美嘉の肩に手をかけた時、ようやく気持ちの整理がついたような気がした。

仲間の頼もしさに支えられて……美嘉はすべてを話す事に決めた。

妊娠……流産……毎年クリスマスにお参りに行っている事。

すべてを話し終え、おそるおそる顔を上げる。

「なんでももづど早ぐ言づでぐれないの……つらかったでしょ……」

「俺らの友情は……それくらいじゃ壊れねぇよ？　美嘉のバカヤロー！」

イズミとヤマトは涙と鼻水で顔がぐしゃぐしゃだ。

何も言わず頭をなでてくれたシンタロウに、美嘉が話してる間ずっと手を握っていてくれたアヤ。

イズミもアヤも、ヤマトもシンタロウも……過去を受け入れてくれた。本当に本当に大切な友達だよ。

みんなが落ち着き、話題はミヤビのことへと変わった。

「ってゆうか一体なんなのあの女は！　ありえないよ！」

イズミはミヤビに対して、怒りがおさまらない様子だ。

「でもイズミのビンタは効いてたみたいだな」

意味深な一言をポツリとつぶやくシンタロウ。

「……イズミのビンタって⁇」

「美嘉が教室から出ていった後、イズミがミヤビにビンタくらわしたんだよな♪　すげーでかい音鳴ったし♪」

ヤマトの言葉の意味が理解できない。

「あ〜スッキリした♪　その後ヤマトがミヤビに向かって〝だから男にフラれるんだよ〟って言ったら、ミヤビの顔引きつってたよね！」

イズミ……それどーゆー事⁇

「それでシンタロウがミヤビの胸ぐらつかんで〝二度と美嘉に近寄るな〟って言ったん

だよねぇ！」

「最後にアヤが、ミヤビの机けってみんなで学校抜け出したんだよな～」

アヤもシンタロウも……みんなさっきから何を言ってるの⁇

「「ざまあみろ～って感じっしょ！」」

四人は声をそろえた。

みんなの言葉一つ一つを頭の中で整理する。

……もしかして、みんなは美嘉をかばって、守ってくれたの⁇

仲間の心強さに、美嘉の目からは我慢してた涙がポロッと流れた。

「も～美嘉泣かないのぉ！」

美嘉の手を強く握るアヤ。

「俺らの友情に感動したか⤴⤴」

ヤマトだって……目、はれてるくせに。

「またもらい泣きじちゃう～」

イズミは再び泣き始めてしまった。

シンタロウは何も言わずに、ティッシュで美嘉とイズミの涙をふいてくれた。

「みんな大好きぃぃぃぃぃ～え～ん」

美嘉の大きな泣き声が部屋中に響き渡る。

「じゃあ、この際聞くけど、俺らと優さんどっちが好き？♪」

ヤマトがマイクのスイッチを入れて美嘉に向ける。

「それは難問だね♪」

そう言いながらも期待した表情のアヤ。

「ん～……優かなぁ!!」

美嘉の答えを聞いたヤマトとアヤは床に大げさに転がった。

「嘘だよ～!!　どっちも同じくらい好きだもん!!」

「私もみんな大好きぃ～」

イズミが鼻声でそう叫ぶと、アヤとヤマトもマイクを使って続けて叫んだ。

「あったしもぉみんな大好き♪」

「俺も～大好きだぜ♪♪」

「話をまとめるとみんなバカ友って事だな」

シンタロウの冷静な言葉にみんなは大声で笑った。

一緒にバカができて、くだらない事でも笑い合える友達。

お互い何でも言い合えて、真剣に話を聞いてくれる友達。

自分のために泣いてくれて、鼻水をふいてくれる友達。

感情を分け合える、大好きでかけがえのない友達。

そんな友達に支えられている美嘉は、幸せ者です。

だからこそみんなで一緒に笑って卒業したい。

もうすぐ受験日だ。


――受験日前日。

勉強は大嫌いだけど、優と同じ大学に行きたいから、この日のために毎日勉強してきた。

試験と面接を前日に控えているためか、気持ちがそわそわしている。

優とはクリスマス以来、デートをしていない。

会ったとしても勉強を教えてもらうだけで、デートと呼べるものではない。

「優ち～んドライブ連れていってぇ!!」

こうやって甘えてお願いしても、返事はいつもこうだ。

「受験終わったらたくさん連れてってたるから今は我慢せぇ!」

……電話するくらいならいいよね？

勉強頑張ったし!!　ちょっと声聞くだけだしっ!!

♪プルルル♪

『ただいま電話に出る事ができません』

……また留守番電話だ。さっきから何回かけても同じアナウンス。
はぁ～……面接のコツとか聞きたかったのに。
とか理由つけて、ただ声が聞きたいだけなんだけどねっ♪
結局夜になっても電話がつながることはなかった。
仕方なく勉強をしようと机に向かったその時……。
プップー。
窓の外で二回響いたクラクションの音。
部屋が車のライトによってピカピカと照らされている。
……このクラクションの音は優だ!!
美嘉は邪魔な前髪を一つにまとめて、窓を開け顔をのぞかせた。
家の前に止まっているのは予想通り優の車。
にやけた顔を急いで戻すと、運転席の窓が開いた。
「勉強頑張っとる?」
あ～久しぶりの優だぁ、会いたかったぁ。
「たくさん電話したのにぃ～!!」
笑みが隠せないまま怒ったフリして美嘉が唇をとがらせたその時、助手席から誰かが
顔をのぞかせた。

「美嘉〜やっほぉ♪」

「な……んでアヤが優といるのっ⁇」

助手席に乗っていたのはアヤだ。美嘉の表情はみるみるうちに曇っていく。

「今日ある場所に付き合ってもろて、これ買ってきたんやで！」

ある場所って⁇　二人で行ったの……⁇

美嘉は窓から体を乗り出し優が差し出す何かを受け取った。

優がくれたのは〝合格祈願〟と書かれたお守り。

「美嘉のために二人で時間かけて選んだの〜ほらおそろい〜♪」

そう言ってポケットの中からまったく同じお守りを取り出すアヤ。

「あ……そっか。ありがとぉ」

「ちゃんと勉強しとったか？　サボってたんとちゃうん？」

優の質問に答える事なく、冷たい表情でお守りを机に置く。

「ごめん、これから勉強するから……ありがとね。明日ねっ‼」

返事を待たずに窓を閉めると、車が走り去っていく音が聞こえた。

優が会いにきてくれたのはうれしいよ。

合格祈願のお守りを買ってくれたのもうれしい。でも、なんでアヤと一緒なの⁇

これってただのヤキモチだよね。

友達に嫉妬するなんて、心、狭すぎるね。美嘉は子供なのかな？

美嘉がドライブしたいって言ったら、受験が終わるまでダメって言ってたじゃん。

なのに……アヤとはするんだ。

ずっと留守番電話ばっかりで寂しかったんだよ。

明日は大切な受験日だから……だからこそ一人で来てほしかったのに。

勉強する気がまったく起きず、美嘉は布団に入って無理やり眠りについた。


――受験日当日。

昨日ももやもやした気持ちで布団に入ってしまったせいか、浅い眠りのまま朝を迎えてしまい最低な気分だ。

目をこすりながら居間へ行くと、テーブルの上にはカツ丼が置いてある。

「何これ⁉　まさか……」

「受験に勝つ！　ためにカツ丼よ～オホホホ」

甲高い声でケラケラと笑うお母さん。

厚意はうれしいけど朝からカツ丼はさすがにきついよ……。

三分の一だけをおなかに入れて準備を始める。

……昨日優からもらったお守りも、一応ポケットの中に入れておくか。

「いってきまぁ〜す!!」

「あんたちょっと待ちなさい。忘れ物だよ！　受験票は持った？」

玄関のドアに手をかけた美嘉に、お弁当を差し出すお母さん。

「あ、ありがと!!　ばっちり持ったぁ!!」

「あまり力まないでね、頑張りなさい！」

玄関を出ると家の前には一台の車。運転席からは優が降りてきた。

「おはよーさん。ついに受験日やな！」

昨日の事、実はまだ根にもってる。

優に悪気があったわけじゃないのはわかってるけどね、なんで美嘉が怒っているのか気づいてほしい。

美嘉は返事をせずぷいっと顔をそむけ、車を無視して歩き出した。

「美嘉？　どないしたん？」

美嘉を後ろから抱きしめて引き止める優。

「別にぃ〜……」

美嘉は髪を指でくるくるといじりながら、いじけるそぶりを見せた。

「今日は大切な日やから、はよ車乗らなあかんやろ？」

なかば強制的に車に乗せられ、車は大学に向かって動き出した。

「昨日渡したお守りちゃんと持ってきたか？」

「……うん、持ってきた」

ポケットからお守りを出してちらっと優に見せる。

「ほんま頑張れよ？　俺、合格するよう祈っとるからな！」

優はハンドルを握る手を気にしながら、美嘉に向かってピースをした。

「……ありがと」

明らかに不機嫌な美嘉に対して優は少し困っている様子だ。

「なんでスネとんねん。ほら笑って笑って！」

「だって受験のせいで緊張してるんだも～ん」

「昨日お守り選んでた時のアヤちゃん、笑顔でめっちゃ可愛かったなぁ。美嘉の笑顔も見たいんやけどな～。怒ってばっかやと俺アヤちゃんに心変わりするかもしれへんで？」

……耳を疑った。

どうか聞き間違いである事を願いたい。

しかしこれはまぎれもない現実だ。

車が信号で止まった時、美嘉はシートベルトを外してドアを開けた。

「優のバカ!!　鈍感!!」

強くドアを閉め、信号が赤のうちに歩道へと走る。

信号は青に変わり、優の車は他の車の波に埋もれて見えなくなった。

……嘘でも心変わりするなんて言ってほしくなかったよ。

近くの駅から列車で受験会場へと向かう。

鳴りやまない優からの着信にプチッと電源を切り、今は受験の事だけを考える事に決めた。

大学の正門前で待ち合わせをしていたみんなと落ち合う。

「おう～美嘉おはよ。昨日は眠れたか？」

ヤマトは一応髪を黒く染めたみたいだが、顔は黒いままなのでまるで原始人のようになっている。

「試験と面接、頑張ろうね！」

「絶対合格、これ強制だから」

余裕の笑みを浮かべているイズミとシンタロウ。さすがだ。

「美嘉～昨日はなんかごめんねぇ。お守り持ってきたぁ？」

美嘉は仕方なくポケットからお守りを取り出しアヤに見せた。

受験会場は別々なので、解散してそれぞれの教室へ向かう。

教室の中……ノートや教科書の開く音だけが響いている。

座席に着き一応ノートを開いてみたものの、全然頭に入らない。

ぐるぐる回る文字になんとか鉛筆を動かし、試験終了時にはぐったりと疲れきってい
て、美嘉は机に顔を伏せた。

空き時間にお弁当を食べ、その後の面接も予想外に気楽なものであっけなく終了。

これで変なプレッシャーからも勉強地獄からも抜け出せると思うと胸の突っかかりが
取れてすがすがしい気分!!

なんだか今になって考えたら、優とアヤの事なんてどうでもいいや。

あんな事でイライラするなんて……ストレスたまってたのかな⁇

だから八つ当たりしちゃったのかも……あとで優に謝ろう。

軽い足どりで待ち合わせ場所へ向かうと、アヤ以外の三人はすでに集合していた。

「みなさんお疲れ～ぃ♪」

腰に手を当ててスキップをする美嘉。

「どうだった？　俺はみごとに撃沈だぜ～↑」

そう言ってるわりにヤマトの表情はどことなく明るい。

「あ、そう言えばアヤはケンさんとデートで来ないらしーよ」

シンタロウの言葉に少しだけホッとしている自分がいる。

受験を終えた安心からか、四人は何かがはじけたように駅近くにあるカラオケへと向かった。

「日本の未来は♪」

「ウォウウォウウォウウォウ〜♪」

イスの上に立ちながらノリノリで歌う美嘉とイズミ。

曲に合わせてシンタロウとヤマトは手拍子をしたり掛け声をかけたりしている。

「受験も終わったしもう最高だぁ〜!!」

歌の間奏中、マイクを使って大きな声でそう叫んだその時……。

♪プルルルルル♪

「美嘉、鳴ってるぞ」

シンタロウが美嘉に携帯電話を手渡した。

着信:優
……優からの電話だっ!!

カラオケの曲が終わり、部屋は静まり返る。

『もしもしぃ!!』

『あ、もしもし。試験どうやった?』

『かなりやばかったよぉ〜……』

『朝はごめんな。まだ怒っとる？』

優から謝ってくれた事に、少しだけ優越感を感じる。

『もう……怒ってない、美嘉こそごめんね!!』

『なんで美嘉が謝んねん？　ほな仲直りやな。ほんまに受験お疲れ！』

『ありがとぉ!!　今カラオケだから、またあとで電話するね!!』

何やら熱い視線を感じ、電話を切って顔を上げる。

「優さんとケンカしたのかよ？」

「珍しいね！　何があったの!?」

「もちろん教えてくれんだよな」

彼らは本当に心配してくれてるのか……それともただの好奇心なのか。

昨日の夜と今日の朝の出来事を話すと、ヤマトが美嘉の携帯電話を奪い、どこかに電話をかけ始めた。

『もっし〜俺ヤマトっス♪　今から駅前のカラオケに来れませんか？　二〇二号室です♪　美嘉もいますよ！　わっかりました〜♪』

「誰に電話かけたの??」

美嘉は電話を切ったヤマトにそう問いかけると、ヤマトは怪しげな笑みを浮かべた。

数分後、部屋のドアが開いた。

そこに立っていたのは……優だ。

「待ってましたぁ～♪　まぁとりあえず座ってくださいな↑」

ヤマトにせかされ、優は美嘉の隣に腰を下ろすと、美嘉の頭をなでた。

「はいはいはいはい、そこイチャイチャ禁止～♪」

「あたし達、優さんに話があるんですけど」

ちゃかすヤマトをよそに、イズミが真剣な面持ちで話し始める。

「話ってなんなん？」

「昨日なんでアヤと一緒にいたんですか？」

核心をつくシンタロウの質問に、唾をごくりと飲み込む美嘉。

重い空気に感づいた優は、頭をかきながら困ったような表情を見せた。

「ちゃうねん。昨日アヤちゃんが大学の正門でケンを待ってて、たまたま俺が帰ろうとした時に偶然会っただけやで？」

「でもわざわざアヤと二人で美嘉にお守り渡しに行く事ないいんじゃないいんスか？」

ヤマトの問いに、腕を組んで考えている様子の優。

そして何かを決意したかのようにゆっくり口を開いた。

「あんな～誤解やって。アヤちゃんには秘密にしてって言われたけど誤解されたくないし正直に言うな。二人で美嘉に会いに行けば美嘉がヤキモチ焼くから、そしたら好きって気持ちも高まるって言われてん」

「じゃあアヤの事、可愛いとか心変わりするかもって言ったのは？ それもアヤに言えって言われたんですか？」

横から口を出すイズミの顔は真剣で、アヤに対する怒りを隠しきれてない。

「そうやで。今考えたらその話に乗った俺もアホやったわ。美嘉にヤキモチ焼いてほしかったのかもしれへん。そんなんで好きって気持ちが高まるわけないやんなぁ、ほんまにごめんな」

アヤは一体何を考えてるの？ 一体何がしたいの？

「俺、アヤの事は、最初からあんまり信用してなかったからな」

「あの子は男のためなら友情を裏切るタイプだね、絶対！」

シンタロウとイズミがアヤに対する本音を口にし始めた。

「美嘉ほんまにごめんな？」

しゅんとしながら美嘉の肩の上に頭を乗せる優。

「もういいよっ!! 美嘉こそ疑ってごめんね!!」

そんな二人の姿を見たヤマトは口笛を鳴らしながら冷やかした。

「お二人さん仲直りのチューはしないんスか～!?♪」

イズミとシンタロウは、興味津々にこっちを見ている。

「……期待されてるみたいだけどどうする⁇」

「俺はかまへんよ？」

さすがは大人の余裕だ。まだ子供の美嘉にはそんな余裕なんてない。

「キース♪　キース♪　キース♪」

部屋中に響くコールと、今か今かと期待で光り輝く三人の目。

これはもう覚悟を決めるしかない。

美嘉の頭の後ろに手を回す優。そして美嘉は強く目を閉じた。

二人の唇が軽く触れ合い小さく音が鳴る。

優は美嘉の体を抱き寄せると、小さな声でささやいた。

「泣いても笑っても怒っても、俺にとって可愛いと思える女の子は美嘉一人やで！」

その言葉によって不安が少しずつ溶けてゆく……。

いつもならすぐに冷やかすのに、今日のみんなはいやに静かだ。

優の胸からゆっくり離れ、周りを見ると、三人は関心したようなうっとりとしたような、なんとも言えない恍惚《こうこつ》の表情をしている。

するととつぜんヤマトが立ち上がり、優の隣に移動して腰を下ろした。

「俺、優さんにホレたっス♪　美嘉〜優さん俺にくれ？」

「ダ〜メ♪　優は美嘉のだも〜ん!!　その代わり美嘉がヤマトにチューしてあげるってえ!!」

美嘉がわざとらしく優の肩に寄り添うと、優も一緒になって美嘉の肩に手を回した。

「美嘉とチューできんのは俺だけやし！」

優と仲直りする事ができたのは、ヤマトがここに優を呼んでくれて、イズミとシンタロウが真実を聞き出してくれたお陰。

この三人はいつもふざけてるように見えるけど、美嘉の事を一番に考えていてくれているんだね。

今祈ることはただ一つ……。

【みんなと一緒に合格できますように】

そしてついにこの日が来た。

大げさに言えば将来が左右される日……合格発表当日だ。

残念な事に、優は今日大事な授業があって、会えないらしい。

家を出ると、どこからともなくチュンチュンと高い声で鳴く鳥のさえずりが聞こえる。

雪解けの下に見える土が、春がすぐそこに近づいている事を実感させた。

いつもの待ち合わせ場所でみんなと合流し、それぞれの受験番号を確認し合う。

「「いざ出発!!」」

手を重ねて気合いを入れ、重い足取りで合格発表掲示板に向かった。

掲示板の前にはうれし泣きしてる人、落ち込んでる人……様々だ。

みんなで手をつないで一列になり、掲示板に目を向けた。

……1285……1287……1292……1296……1302。

「1302……。俺の番号あった。やった!」

いつもはクールなシンタロウが周りの目を気にせず大声で叫ぶ。

……1303……1307……1311。

「マジかよ……あった……」

ヤマトは信じられないといった様子でその場に腰を抜かした。

……3512……3518……3521。

「キャー! キャー! 合格したぁ!」

アヤは甲高い声をあげてぴょんぴょんと跳びはねている。

美嘉の受験番号は3529だから……3523……3525……3529。

美嘉は受験票と掲示板の番号を見比べた。

3529……確かに3529って書いてあるよね!?

……お父さん、お母さん、お姉ちゃん、優、やったよ!!

合格した!!

うれしさと驚きで声が出ず、受験票を持った手が震える。

「私の番号ない……落ちちゃった……」

それぞれが喜ぶその横で、受験票をぐしゃぐしゃにしながらイズミが下を向いた。

「え!? イズミちゃんが落ちるわけないじゃん！　番号見落としたんじゃないの!?」

アヤがイズミから受験票を奪い、掲示板の番号と見比べている。

アヤからは笑顔が消え……それは悲しい結果を意味していた。

なんで？　なんで?? イズミが落ちるわけないじゃん!!

だっていつもクラスで上位の成績だったんだよ??

美嘉が受かって、イズミが落ちるなんておかしいよ。

「ま、しょうがないよあはは－！　残念残念！　みんな暗くならないの！　合格おめでと♪」

わざと明るく振る舞うイズミにかける言葉が見つからなかった。

合格したのはうれしいけど、喜べないよ。

みんなで合格したかった……みんなで一緒に合格したかったんだ。

一人でも欠けたら意味がないんだよ。

しかし笑ってるイズミの横顔は落ち込んでいるわけでもなく、なぜか安堵《あんど》の表情を浮かべてるようにも見える。

そうだよ。やっぱりどう考えてもイズミが不合格になるわけがない。

この時、美嘉の頭の中には一つの疑惑が生まれた。

イズミもしかして……わざと不合格になるよう仕向けたの⁇

もし美嘉の考えが当たっているなら、その理由は何……⁇

「じゃあ結果もわかった事だし帰るか」

沈黙の中、シンタロウの言葉をきっかけに、みんなはぞろぞろと歩き出した。

「お～い、美～嘉！」

今、どこかで名前を呼ばれたような……気のせいかなぁ。

「美嘉～こっちやで～」

やっぱり誰かに呼ばれている。

声が聞こえる方向に顔を上げると、三階の教室の窓から優とケンちゃんが顔を出して両手で大きな○と×を作っている。

きっと合格したか不合格だったかを聞いているのだろう。

イズミがいる手前、○とは言いにくい。

するとイズミが迷っている美嘉の両手を取り、大きく○を作った。

優は美嘉に向かってガッツポーズをすると、授業中だったのかその後すぐに先生に怒られているみたいだった。

「「じゃあまた来週の卒業式にね!!」」

駅で別れ、みんなはそれぞれの家の方向へと歩き出す。

帰り道、美嘉はイズミの事が気にかかってしょうがなかった。

♪ピロリンピロリン♪

受信：イズミ
その時まさに考えていたイズミから届いたメール。

《駅に来れる？》

……こんなメール送ってくるなんて、やっぱりなんかあったんだ。

駅まで走って戻ると、そこにはイズミが立っている。

「帰ろうとしてたのにごめんね？」

「なーに言ってんの!! 美嘉もイズミと話したかったんだぁ!!」

二人は近くのファーストフード店に入った。

「……で、白紙で出したの？ 回答欄をずらしたの?? なんでわざと落ちたの!?」

頼んだコーンポタージュをすすりながら、唐突に質問をする。

イズミがわざと不合格を選んだという考えがただの勘違いだったらものすごく失礼だけど、イズミに呼び出された事で疑惑は確信に変わっていた。

「え⁉　なんでその事知ってるの？」

「イズミの事ならなんでもわかるし‼　隠し事はなしだよっ‼」

イズミはその言葉を聞くと強《こわ》ばっていた表情をゆるめた。

「そっかぁ美嘉にはバレバレだったのかぁ。私ね、ホームヘルパーの資格を取りたくて……確かに大学に行きたかったし、親も大学行けってうるさいんだけどさ。やっぱ福祉系で働くのが夢なんだ！」

初めて聞いたイズミの夢……話してくれた事がうれしかった。

「イズミ！　超～カッコいいじゃん‼　頑張ってね‼」

「そう言ってくれると安心する。黙っててごめんね！」

イズミの目にはあふれんばかりの涙がたまっている。

ずっと隠してて、つらかったんだね。気づいてあげられなくてごめんね。

「も～泣かないのっ‼　美嘉はイズミの夢応援してるからね‼　……いつもと立場が反対でなんか変な感じだぁ‼」

「あはは！　美嘉、ありがとう……」

この日イズミと二つの約束を交わした。

〝この話は二人の秘密ね‼〟

〝卒業して学校が別々になっても、ずっとずっと友達だよ‼〟

イズミとね、また同じ学校に通えると思ってたからうれしかった。

だから、卒業して離れちゃうのはすごくすごく寂しい。

だけど……夢を追いかけるってすばらしい事だよね。

だから応援するよ。美嘉なりに精一杯応援するから。


卒業式の三日前……美嘉は机の中に忘れてしまったマフラーを取りに一人で学校へ行った。

全学年が春休みに入ったらしく、校舎は静かでどことなく寂しげだ。

いつもなら騒がしく笑い声が絶えない教室も、今日は誰一人いない。

イズミやシンタロウやヤマトやアヤの楽しそうな笑い声……先生の怒り声でさえも頭の中で鮮明に響く。

三年間という年月をこの学校で過ごした。

つらい事、悲しい事、楽しかった事、幸せだった事。

いろんな思い出がつまっているね。

この教室の窓から、ヒロとミヤビが帰っていく姿を見ていた。

優の車をわくわくしながら待っていた事もあった。

毎日当たり前に過ごしてきた平凡な日々が、今となっては貴重な時間に思えてくる。

……それはきっと、終わりが近づいているから。

いつも何気なく歩いている廊下は、一人で歩けばギシギシと鈍い音が鳴り響く。

時は流れて人の気持ちは変わってしまったのに、校舎だけは変わらずあの頃のままだね。

美嘉の足はいつの間にかあの大切な場所へと向かっていた。


着いた場所は……図書室。

ヒロの事を想うのはこれで最後にします。

優、今日だけ……今日だけはどうか許してください。

ここでヒロと始まって、ここでヒロと一つになった。

ここで二人がすれ違って、ここで一人でたくさん泣いた。

今、美嘉は優の事が大好きだよ。

だけど悲しい事に学校は……校舎は……ヒロとの思い出で埋まってしまっているんだ。

教室も廊下も玄関も……思い出すのはね、ヒロの姿なんだよ。

廊下の向こうからヒロが変わらない笑顔で走ってくる。

……今でもたまにそんな幻が見える時がある。

もうすぐ卒業だからこの校舎ともお別れなんだ。

これで本当にヒロと……お別れなんだね。

学校を卒業。大好きな人を卒業。〝卒業〟はいろんな意味を持っているんだ。

図書室の隅っこにあるほこりをかぶった小さな黒板。

美嘉は白く短いチョークを手に取り、小さく文字を書いた。

【君は幸せでしたか？】

返事なんて来るはずもないのに……バカみたい。

一度消そうとした手を止め、その文字を残したまま図書室を出た。

最後を意識して初めてわかる。

校舎のにおい。廊下の足音。毎日が大きく大切な時間だった事。

卒業って、好きな人との別れに似てるね。

でも卒業って新しい旅立ちへの準備でもあるから、好きな人との別れも、新しい道を進むための準備だって事だよね……⁇

そんな事を一人で想いながら、校舎を後にした。

三年前……期待を胸にこの道を歩いた時の事が、すごく最近のように思える。

季節は変わり雪は解け、ふきのとうが顔を出した。

ぽかぽかと暖かい日差しがやわらかく照りつける。

桜が咲くこの季節が来た。

……明日は卒業式だ。

いつもなら不快な目覚ましの音……もしくはお母さんの叫び声で起こされるのに、今日は自然と目が覚めてしまった。

毎朝かかっているニュース番組の占いのコーナー、いつもなら見て見ぬフリ。

……でも今日だけはちょっと信じてみようかな。

「五位とか微妙だし……」

一人でボソッとつぶやき、部屋にあるクローゼットのハンガーにかけられた制服をそっと取り出した。

何かを思い返すように一枚一枚を丁寧に手に取る。

スカートを慣れた手つきで四回ほど折った時、ふと、毎日のように先生に言われてきた言葉を思い出した。

〝スカートはもう少し長くしなさい！〟

たくさん怒られたね。

もう明日からは怒ってもらえないし、最後くらいは先生の言う事を聞こうかなぁ。

いつもは四回折るスカートも今日は二回で我慢しよう。

もう学校のにおいが染みついてしまっている制服のリボンを首に巻きつけ、ずっと履き続けたふわふわのルーズソックスをタンスにしまい、紺のハイソックスを履く。

高校に入学してから紺のハイソックスを履くのは今日で三回目だ。

一回目は入学式。二回目は受験の日。三回目は今日、卒業式。

別にこだわりがあるわけじゃないけど、先生に三年間の感謝の気持ちを伝える意味でもある。

「じゃあ～いってきまぁす!!」

制服の上からマフラーをぐるぐると巻きつけ、美嘉は家を出た。

この道を通って学校に行くのも、今日が最後なんだ。

春には必ず咲いている小さいピンク色の花。

毎日朝早くから庭を手入れしている背の低いおばあさん。

三年間見続けてきたものすべてに感謝しながら、学校へ向かった。

「おはよぉー!!　今日はあったかいね!!」

いつものように騒がしい教室。

「あ、美嘉おはよー♪」

そしていつものようにあいさつを返してくれる、大好きな友達の笑顔。

この笑顔に何度助けてもらっただろう。

こんなに卒業するのが寂しいのは美嘉だけなのかな。

……なんて少し落ち込みながら席に着く。

「美嘉、なんで昨日卒業式の練習来なかったんだよ？」

ヤマトが美嘉の頭をげんこつでグリグリする。

「いたたたた……だって～忘れてたんだも～ん!!」

……嘘だよ、本当は覚えてた。

練習とはいえ、寂しくて悲しくて泣いてしまうと思ったから。

だからわざと行かなかったんだよ。

「ったくイズミも来ねぇしさぁ～」

頬づえをつきながら窓の外を見てそうつぶやくヤマトの言葉を聞いて、美嘉はさりげなくイズミの顔に視線を移した。

寂しげで今にも泣き出しそうな表情で遠くを見つめるイズミ。

イズミも、もしかしたら美嘉と同じ気持ちだったのかな。

だから練習に行かなかったのかな。

卒業して友情が終わるわけじゃないけど、三年間毎日当たり前のように近くで過ごしてきたんだもん。

やっぱり離れるのは悲しいよね、寂しいよね……。

「ねー昨日卒業アルバム配られたんだよ！　机の中に入ってるからみんなで見ようよ♪」

しんみりした雰囲気は、アヤの軽快な一言でやわらいだ。

心が落ちている今、この明るさに救われる。

机の中をのぞき、アルバムを取り出した。

薄い卒業アルバム。この中に三年間の思い出が詰まっているんだ。

美嘉は三年間を思い返すように一枚一枚ページを開いた。

「げ〜俺、白目になってるし〜マジありえねぇ」

シンタロウが自分の写真を指さして肩を落としている。

「まーまー。十分カッコいいから安心しなって♪」

さすが一緒にいる期間が長いだけある。イズミのナイスフォロー。

「あ〜これ入学式じゃん♪　みんな若い!!　顔全然違うしっ!!」

まだ初々しい頃の写真に、懐かしさが込み上げてくる。

その時、ある一枚の写真が目に留まった。

一年生の時の学校祭……教室の前で楽しそうに笑っている四人の写真。

……そう。美嘉とアヤとヒロとノゾムの写真だ。

あの頃の記憶がよみがえる……。

──今から二年半前。

高校一年、学校祭当日。

「ね、ね、カメラマン来てるから四人で写真撮ってもらおうよ♪」

アヤが目を見開きながら、美嘉の制服のそでをつかみ興奮気味に言った。

「え〜美嘉今ノーメイクだし嫌だぁ!!」

それを強く拒否する美嘉。

「だってもしかしたら卒アルに載るかもしれないよ〜!?」

「そうだ〜撮ってもらおうぜ!」

アヤとノゾムは写真を撮ってもらおうとノリノリだ。

「ヒロ、どうする??」

美嘉は助けを求めてヒロに問いかける。

ヒロは優しく微笑むと、美嘉の肩をぐいっと引き寄せた。

「俺らが恋人同士だって証拠、残すのもありじゃねぇ? それで何年か後にその写真見て、あの頃は楽しかったけど、今はもっと幸せだねって言えたら最高じゃん!」

話し合った結果写真を撮ってもらう事になり、教室を出る四人。

「カメラマンさ〜ん! 四人の写真撮ってくださ〜い♪」

アヤはカメラマンを強引に引き止め、積極的に頼む。

「どーせなら～超ラブラブに撮ろうぜ！」

ノゾムの提案に、美嘉がすばやく聞き返した。

「ラブラブってどんなふうに⁇」

「う～ん、そう言われると難しいな～」

本気で悩むノゾムを見て、口を開いたのは……ヒロだ。

「別にそんなの決めなくてもよくねぇ？　そんなの表情に勝手に出るもんだからな！　自然でいいじゃん」

「うん……そうだねっ‼」

美嘉はヒロの横顔を誇らしげに見つめた。

「じゃあ撮りますよ～」

カメラマンが四人にカメラを向ける。

「悪いんスけど写真撮る瞬間に、【1＋1は～？】って聞くみたいに、【この先何があってもずっと～？】って言ってもらえませんか～？」

ノゾムがカメラマンに妙な事を頼むと、カメラマンは嫌な顔一つせずにＯＫの合図を出した。

ノゾムが集合をかけ、四人は輪になる。

「カメラマンが【この先何があってもずっと～？】って言ったらみんなこう答えろよ！」

ノゾムはその答えを小さい声で耳打ちし、その答えを聞いてみんなは笑ってうなずいた。

「『了解～！』」

四人は廊下で横一列に並び、それぞれの相手と手をつなぐ。

美嘉はヒロと、アヤはノゾムと。そしてつないだ手をまっすぐ天井に向かって伸ばした。

カメラマンがカメラを四人に向け、口を開く。

「撮るよー！　この先何があってもずっと～？」

『『だーい好き!!』』

パシャッ。

四人の声がそろった瞬間、フラッシュが光った。

【この先何があってもずっと、大好き……】

写真の中の四人は、とても幸せそうな顔をしていた。

「みんな幸せそうに笑ってるねぇ……」

アヤの声で美嘉は現実の世界へと引き戻された。

アヤがどの写真を見て言っているのかわからない。

だけど……なんとなくわかってる。

きっと同じ写真を見ていた。

「もう今日で終わりなんだな……」

ヤマトが寂しげにポツリとつぶやいた。

しんみりしないでいつものようにバカみたいに笑おうよ。

ねぇ……寂しいよ。

卒業式の時間が近づいたのでいったんアルバムを閉じ、廊下に出て体育館へと向かった。

体育館にはたくさんの保護者が集まっている。

一クラスずつ吹奏楽の演奏とともに担任の先生を先頭に入場し、式が始まった。

まずは校長先生のあいさつ。

「本日は卒業おめでとうございます」

ありきたりなあいさつをはじめに、長々と続く。

退屈したのか前に座っていたアヤが振り返り、美嘉に耳打ちをした。

「あたしね、ノゾムに話しかけてみようかと思う。もう最後だしぃ！」

……アヤは偉いね。美嘉はそんな勇気出ないよ……もう最後なのにね。

アヤは今ケンちゃんと仲良しで、それこそ悩みなんかないように見える。

だけどやっぱり……人を好きになる気持ちや、過去を引きずってしまう気持ちはみんな一緒なんだ。

「そっか、頑張ってね!!」

アヤは安心したように微笑み、再び前を向いた。

ＰＴＡ会長のあいさつ、祝辞。式はどんどん過ぎてゆき、卒業証書授与の時間が来た。

高校の卒業証書授与は、担任の先生が一人一人の名前を呼び、呼ばれた人はその場に立ち上がる。

そしてクラス代表の一人が証書を受け取るのだ。

うちのクラスの卒業証書授与が始まった。名前を呼ばれた人から順番に立ち上がる。

シンタロウ、ヤマト、イズミ、アヤ。

「田原《たはら》美嘉」

マイク越しに先生に呼ばれた名前。

「……はい」

美嘉は小さく返事をして立ち上がった。

全員の名前を呼び終えると、クラスの代表が前に出る。

クラスの代表は……意外な事にノゾムだ。

アヤはノゾムの後ろ姿を、切なげな表情でじっと見つめている。

ノゾムが校長先生から証書を受け取り、席に戻ろうとした時……。

「先生～三年間ありがとうございました～！」

ノゾムは大声でそう叫びながら担任に頭を下げた。

その声は静かな体育館中に響き、生徒や保護者がざわつき始める。

ノゾムは何事もなかったように席へと戻った。

何を思ってそんな事をしたのかはよくわからない。

だけど……きっと何か伝えたかったんだよね。だからノゾムはクラスの代表になったんだ。

〝ありがとう〟を伝えたかったんだ……。

クラス全員が席に着いた時、再びアヤが振り返った。

「あいつ相変わらずバカだね……」

アヤの目には涙がたまっていて、今にもこぼれ落ちそうだった。

卒業証書授与は、ヒロのクラスへと進む。

「桜井《さくらい》弘樹」

「はい」

懐かしいヒロの名前と……ヒロの声。

聞けるのはこれが最後かもしれない。

だからしっかり覚えておかなくちゃ……焼きつけておかなくちゃ。

美嘉はヒロの後ろ姿を見ては目をそらし、それを何度も何度も続けていた。

全クラスの卒業証書授与が終わった瞬間、体育館は突然真っ暗になり、悲しい音楽と同時にスクリーンには数々の写真や映像が映し出された。

入学式、宿泊研修、学校祭、体育祭。

修学旅行、調理実習、普通の授業風景。

スクリーンの中のみんなは、とても楽しそうに笑っている。

つらい事や苦しい事なんて誰だってあるよね。

だけど一瞬でも笑えてた事……楽しかった事……感謝しなくちゃ。

三年前……緊張しながらここに座っていた入学式。

不安と期待が入り交じって複雑な気持ちで……でも今思えば期待の方がずっと大きかったよ。

高校生活、平凡に楽しく過ごせればそれでいいや!!

そんなふうに思っていたんだ。

この三年間でたくさんの事があったね。

とてもじゃないけど平凡とは言えなかった。

だけど、だけどね……大好きな友達に会えた。

ヒロに会えた。

長いようで短かった三年間。中身の詰まった大きな三年間。いろんな気持ちを知った三年間。

初めて本気の恋をして、失う怖さを知った。

大好きな友達に支えられて、仲間の大切さを知った。

ここでたくさん成長する事ができました。

……ありがとう。本気にありがとう。

この学校に来て、本当に良かったです。


式が終わり、入場と同様、吹奏楽に合わせ担任の先生に続き、出席番号順に退場していく。

出席番号の早いヤマトとすれ違った時、ヤマトは美嘉の頭をコツンとたたいた。

「バカ美嘉～泣きすぎだろ!!」

「……ヤマトこそ泣いてるじゃんっ!!　ってか号泣してるし!!」

通り過ぎるヤマトに聞こえるよう大声で叫ぶと、ヤマトは振り向き自分の涙をYシャツでぬぐいながら顔をぐしゃぐしゃにして笑った。

退場する時は保護者の席の間を通る。

美嘉はその時、通路側に座っていたお父さんに手紙を渡した。

実は昨日の夜、家族に向けて手紙を書いた。

卒業する事ができたのは家族の支えがあったからこそ。

だけど今さら口でお礼を言うのはちょっと気恥ずかしいものがある。

だから手紙を書いた。

いつ渡そうとか決めてはいなかったし、タイミングがあればと思っていたのだが、ちょうど退場する時に座ってる席を見つけられたので渡す事にした。

「これ、手紙書いたから読んでねっ!!」

美嘉はお父さんとお母さんに手紙を渡すと、返事を待たずに教室へと歩き出した。

【お父さん・お母さん・お姉ちゃんへ。美嘉はやっと卒業する事ができました。お父さん……学校送り迎えしてくれてありがとう! お母さん……毎日お弁当作ってくれてありがとう! たくさん迷惑かけてごめんなさい。お姉ちゃん……悩んだ時話聞いてくれてありがとう! みんなに支えられて無事卒業する事ができました。本当に感謝しています! みんな大好きです!! 美嘉】

あの手紙を読みながら、どんな顔するかな……??

高校に入って反抗期の時期があった。

毎日ケンカしたりした時もあったけど……本当に感謝してるよ。

教室に戻り、席に着く。

「これから一人一人に卒業証書手渡すから、呼ばれたら前に出てこい」

さっきノゾムが代表で受け取った卒業証書が、先生の手によって手渡されていく。

先生は生徒一人一人に何か言葉をかけ、証書を手渡した。

そして順番は美嘉に回ってきた。

「美嘉は頑張り屋さんだったな。つらい事もあったと思うが、よく頑張った。大学に行っても頑張るんだぞ。卒業おめでとう」

美嘉の頭をポンッとたたく先生の手から卒業証書を受け取る。

「先生、三年間あ……じがどうござびまじた……」

中学校の卒業式も泣いたけど……ここまでは泣かなかったなぁ。

「チャイムが鳴るまでほかのクラスに行ったり自由にしてていいぞ」

卒業証書がクラス全員の手に渡った時、先生はそう言った。

「美嘉、メッセージ書いてちょ♪」

イズミが卒業アルバムの最後にある白いページを開いて差し出す。

「あっ、じゃあイズミも書いてぇ!!」

美嘉もイズミと同様、白いページを開いてイズミに差し出した。

ペンを取り出し、隅っこにメッセージを書く。

【イズミ、卒業しても友達だからね!!　美嘉】

ありきたりの言葉。

本当はね、もっとたくさん言いたい事があるよ。

感謝する事、伝えたい事がたくさんある。

だけどこんな小さなスペースじゃ書ききれないんだ。

「イズミ〜書けたよっ!!」

「ありがとう!　じゃあシンタロウ達にも書いてもらおっか?　シンタロウ〜ヤマト〜メッセージ書いて♪」

イズミの大声が教室に響き渡り、美嘉はうなずく二人にアルバムを手渡した。

「ほら、書けたぞ。ヤマトはもう書いたみたいだから」

「シンタロウありがとう!!　あっ、アヤも書いて〜っ!!」

シンタロウからアルバムを受け取り、それをアヤに手渡す美嘉。

アヤはメッセージを書きながら周りを気にして小さい声でつぶやいた。

「ノゾムに話しかけたら、嫌がられないかなぁ……?」

どことなく不安げなアヤの顔。

「大丈夫っ!!　絶対に大丈夫だから!!」

そして全員のメッセージが完成した。

【美嘉は本当に大好きで大切な親友だよ！　これからもずっとずっと末長くヨロシクね！　イズミ／卒業おめでとう。大学でも頑張ろうな　シンタロウ／バーカアーホチービ！　でもよく頑張ったな！　ヤマト／美嘉ぁぁ三年間ありがとう!!　大学でもよろしくねぇ☆　アヤ】

みんなありきたりな言葉。考えている事は……きっと同じ。

イズミからのメッセージがうっすらとにじんでいる。

……涙かな⁇

アルバムをケースにしまい、大切に大切に抱きしめる。

……そういえば〝メッセージ〟って言葉を聞いて思い出した事がある。

美嘉は立ち上がり、教室を出た。

「美嘉～どこに行くの⁉」

「ごめんっ、すぐ戻るから!!」

この前マフラーを取りに学校に来た時、図書室の隅っこにある黒板に書いた……あのメッセージ。

なんとなく気になった。

見に行かなきゃいけないような気がした。
もう、あそこに行く事はないから……小さな望みをかけて。
図書室のドアにそっと手をかける。
遠くの教室や廊下はざわざわしているのにここだけは静かだ。
なんでだろう、胸がドキドキしている……。

ガラララ。
ひと呼吸をしてゆっくりとドアを開けた。
「………まぶしい」
ほこりが舞う図書室は、窓から差し込む光でまぶしい。
黒板にちょうどよく光が当たって、黒板の文字が見えない。
美嘉は少しずつ黒板に近寄ると、光を手で覆った。
【君は幸せでしたか？】
この前、美嘉が書いたメッセージ。
その下に小さく白いチョークで書かれた文字。
【とても幸せでした。】
誰が書いたのかはわからない。ヒロじゃないかもしれない。

だけど書いてある。

〝とても幸せでした。〟

そう書いてあるよ……。

キーンコーンカーンコーン。

チャイムの音が耳に響き、美嘉の体はビクッと震えた。

これを書いてくれたのが、たとえヒロじゃなくても、それでもいい。

誰かが答えてくれた。幸せだと言ってくれた。

……それだけで満足だよ。

黒板の文字を残したまま図書室を出て教室へと向かう。

教室に入ると同時に、先生が大きな声で叫んだ。

「おまえら外に出ろ～もう学校は閉めるぞ！」

マフラーを巻き、机に彫られた傷や窓から見える景色をしっかりと目に焼きつけ、美嘉は後ろ髪引かれる想いで教室を出た。

長い廊下……友達と楽しそうに笑いながら歩いてる姿や、泣きながら廊下の隅にうずくまる自分の姿が幻のごとくよみがえる。

しかしその幻も、すぐに消えてしまった。
階段を一歩一歩、三年間を振り返りながら下りていく。
もうこの階段を上がることは……二度とない。
お世話になったもの全てに感謝をしながら校舎を後にした。

校門の前には多くの生徒が集まり、それぞれ別れを惜しんでいる。
美嘉は人込みに埋もれて一人取り残されていた。
遠くに手を振るイズミ達の姿を見つけ、駆け寄ろうとしたその時……。
ドンッッ。
勢い余って誰かに強くぶつかった。
「……ごめんなさい!!」
頭を下げ歩き出そうとしたが、その人はなかなかどかない。
……邪魔だなぁ。早くイズミ達の所に行きたいのに。
美嘉はわざとらしくため息をつき、眉間にしわを寄せて顔を上げた。
……そこに立っているのはミヤビだ。
ミヤビにはいい思い出がまったくと言っていいほどない。
争いを避けるため通り過ぎようとした時、ミヤビは小声でつぶやいた。

「……ごめん」

「……え⁇　何？　もう一回言って⁇」

はっきりと聞こえなかったので思わず聞き返すと、ミヤビは自分の髪をぐしゃぐしゃにしながら少しいらだっているような表情を見せた。

「だから～……いろいろごめんって言ってんの！」

最初は理解できずにいたが、冷静に考えてやっと気がついた。

ミヤビは今までの事を謝ってくれているんだ。

〝ごめん〟

ミヤビの言ったこの言葉はとてもじゃないけど謝ってるようには聞こえなかった。

でも……きっと勇気を出して言ってくれたんだよね。

赤ちゃんの事で人殺しって言われた事はきっと忘れない。

きっと許せない。

だけど、もういいんだ。だってもう過去の話だから。

誰だって一度はあるよ。

恋をして、周りが見えなくなって、必死になりすぎて、人を傷つける。美嘉にだって……あるから。

「ミヤビ、卒業しても元気でね‼」

美嘉は笑顔でミヤビにそう言うと、再びイズミ達の元へ歩き出した。

イズミ達の姿がさらに近くなったその時……。

「美嘉！　卒業おめでとさん」

誰かに呼ばれた声で振り返る。

……今度はノゾムだ。

「うん、卒業おめでとっ!!　ノゾム三年間ありがとね!!」

「俺こそありがとう。美嘉は大学行くんだろ？　頑張れよ！」

「ノゾムは働くんだっけ？　お互い頑張ろうね!!」

ノゾムと話していて、ふとアヤの事を思い出した。

「じゃあ俺帰るから……」

帰ろうと歩き出すノゾムを強引に引き止める美嘉。

「ちょっとここで待ってて!!」

美嘉はアヤの元へ全速力で走り、息を切らしながら耳打ちをした。

「アヤ!!　ノゾムあっちで待ってるからちゃんと話してきなよ!!」

「え、マジ？　どうしよう……大丈夫かなぁ？」

「ノゾムはずっとアヤの事を見てきたんだよ。後悔しないように頑張れっ!!」

アヤは決心したのか深呼吸をすると、ノゾムがいる場所へと歩き出した。

〝後悔しないように頑張れっ‼〟かぁ。

……美嘉が言える立場じゃないのにね。

人には言えるのに、どうして自分じゃできないんだろう。

でも、自分が後悔したからこそ友達には後悔してほしくないんだ。

しばらくして何かをやりきったようなすがすがしい表情をしたアヤが戻ってきた。

「最後に話せて良かったぁ～これでノゾムから卒業できるよ！」

校門の前にいた生徒も次第に減りはじめた。

卒業パーティーをする予定のカラオケ店に行こうと、帰り道に目線を向けたその時
……少し遠くに見えた姿。

それは間違いない、ヒロの姿。

美嘉はヒロの後ろ姿を見つめながら、心の中で〝サヨナラ〟を告げた。

「行ってこいよ」

背後からボソッと聞こえたシンタロウの声。

「……え⁇」

「最後なんだぞ？　行けよ」

シンタロウは親指でヒロの姿を差している。

「優さんには秘密にしといてやるって♪♪」

美嘉の頭をポンポンと二回たたくヤマト。
「私がカバン持っててあげるからさ！　早く行っておいで！」
イズミが美嘉の持っていたカバンを強引に奪った。
「でも……」
勇気が出ない。一歩が踏み出せない。意気地なし。
「後悔しないように頑張れ！　さっき美嘉があたしに言ってくれた言葉だよ！」
アヤが美嘉の肩をポンッと押し……その反動で、美嘉は走り出した。
雪解けでびちょびちょの地面。
はねた泥水で制服が汚れる事も今はまったく気にならない。
必死で走った。
好きだった……大好きだったあの人の元へ。
ヒロの背中は、だんだん近づく。
ヒロは追いかけてくる美嘉の足音に気づいたのか、足を止めてゆっくりと振り返った。
息切れをして、立ち止まる美嘉。
ゆっくり振り返るヒロの顔を見る事ができずに、ただただ地面を見つめていた。
意を決しておそるおそる顔を上げ、ヒロの顔を見る。

太陽の光がまぶしくてあまり見えない。

でも、わかる。微笑んでいるのは……わかるんだ。

なんて声をかけたらいいのかわからず、言葉に迷っていた時……。

「よぉ」

先に沈黙を破ったのは、ヒロだ。

「そ……卒業おめでとっ!!」

裏返る声……すべては緊張のせい。

「……おう。元気か？」

ヒロは微笑んだまま静かに話す。

「うん!!　ヒロは……??」

「俺はまぁまぁだな」

重い空気に耐えられず、美嘉は必死に話題を探していた。

「今日も帽子かぶってるんだねっ……!!」

ヒロはかぶっている帽子をぎゅっとつかむと、舌を出して笑った。

「帽子が俺のマイブームだって言っただろ！」

……ずるい。

光に照らされたヒロの笑顔、あの頃のままだった。

美嘉の大好きだった……顔。

「美嘉は大学行くんだよな？　頑張れよ」

なんで知ってるんだろう。あ、ノゾムから聞いたのかな。

「うん、ありがとう。頑張るねっ!!」

ヒロの卒業後の進路については何も聞かなかった。

もし……もしB音楽専門学校に行くって聞いたら後悔してしまうような気がしたから。

話題が途切れ、二人の間には長い沈黙が続く。

空の上で鳥がチチチッと鳴いた時。

「あのっ……」

「俺……」

二人は同時に話し始め、声が重なった。

「あ……ヒロから言っていいよ!!」

「美嘉から言え。俺は大した事じゃねぇから」

美嘉は制服のポケットから指輪を取り出した。

……ヒロからもらったペアリング。

いつか返そうと思って制服のポケットに入れたままだった。

この指輪を持っていたらヒロの事を思い出してしまいそうだったし、今美嘉には優という大切な人がいる。
だから……この指輪はヒロに返した方がいいんだよね。
美嘉は指輪を一回ぎゅっと強く握りしめ、下を向いたままヒロに差し出した。
「これ、返すね。ヒロからもらったペアリング……」
何も言わずに手のひらからそっと指輪を受け取るヒロ。
顔を上げてヒロの表情を探るように見ると、ヒロはとても寂しそうに笑っていた。
ヒロにこんな顔させたくなかったよ。
美嘉はクリスマスの日、優を選んだ……でも最初に手を離したのは、ヒロだよ??
そんな寂しそうに笑わないで。
……昔みたいにバーカ！　って言いながら頭たたいてよ。
おまえと別れて正解だったな！　って……イヤミ言ってよ。
美嘉が知ってるヒロはそんなふうに強い男だから。
「……ヒロの話は??」
さっき同時に話し始めた時、何か言おうとしたよね??　俺……って言ったよね??
「……なんでもねぇよ。だから気にすんな！」
美嘉はそれ以上何も聞かなかった。いや……聞けなかった。
聞くのが怖かったし……聞いても答えてくれないような気がしたから。

この時聞いていれば……無理やりにでも聞いていれば良かったのに。

「そっか……わかったぁ」

美嘉がポツリとつぶやくと、ヒロはせきをしながら話し始めた。

「美嘉は幸せだったか？」

【君は幸せでしたか？】

図書室で美嘉が書いたメッセージと同じ質問。

あの答えを書いたのは、やっぱりヒロだったのかもしれないね。

「うん。すごい幸せだったよ……」

【とても幸せでした。】

美嘉の言葉も、図書室に書かれていた返事とまったく同じ。

ヒロはその答えを聞くと再び微笑み、美嘉の頭に手を乗せた。

「おまえは相変わらずチビだな。早く背伸ばせよ」

……いつものように意地悪で強いヒロ。

やっぱり美嘉はいつもの強いヒロが好きだよ。

……好きだったよ。

寂しく笑うヒロよりも、強いヒロが……好きだった。

「バカヒロっ!!」

心は泣いてるのになんで笑ってるんだろ。

切ない矛盾を感じながらヒロの足を軽く踏む美嘉。

「俺の足を踏むとはいい度胸だな。チビ！」

「ヒロが巨人なの!!」

二人で笑い合っていたその時、ヒロが右手を差し出した。

笑顔は一瞬にして消える。

……もう別れの時間なんだ。

美嘉は右手を差し出し、ヒロの手をぎゅっと握った。

「美嘉、絶対幸せになれよ」

「……ヒロもね!!」

最後……精一杯の笑顔でつないだ手を解く。

ヒロは後ろを向き、歩き始めた。右手を上げ、振り向かずに去ってゆく。

まるで川原で別れたあの日のように……。

ただ一つあの日と違う事。

もう一生会えないんだ。

握手をした手が離れた時、本当は涙がこぼれてしまいそうだったんだ。

だけど泣かなかったよ。

涙でヒロの顔が見えなくなるのが嫌だったの。

それに、もしいつかヒロが美嘉の事をほんの少しだけでも思い出してくれる日が来たら、泣き顔より笑顔を思い出してほしかったから……。

つないだ手のぬくもりが、今もまだこんなに熱い。

学校はヒロと会える唯一の場所だった。

卒業……これからヒロが髪形を変えたとしても、誰かと結婚しても、どこかへ引っ越したとしても、わからない。

〝一生会えない〟

それは大げさかもしれないけど……きっともう会えない。そんな気がするの。

友達も将来も想いも、一緒にいた頃とは、お互い全然変わってしまった。

流れゆく月日が二人を変えた。

これからは本当にお互い知る事のない別々の道を歩んでいくんだ。

ヒロが幸せになれればそれでいいって思った。

だけど……ただ傷つくのが怖かっただけなのかもしれないね。

ずっとあきらめずに追いかけるつもりだったのに、気づけば立ち上がる事さえ怖くな

ってしまって……それはヒロにすぐ彼女が出来たから？　もう戻れないとわかったから⁇

そんなの今となっては言いわけにしか聞こえない。

後ろを振り返る事は、前に進めなくなる事だと思っていた。

いつか、この三年間を思い出す日が来るだろう。

でもこれからは後ろを振り返り、弱かった自分を見つめながらゆっくり前へ進むよ。

走ったりはしない……ゆっくりと。

恋してたくさん泣いて、たくさん嫉妬して。

……あの時流した涙は、今思えばすごく痛々しくて醜かったかもしれない。

でもそんな涙や苦しくて悩む姿でさえも、きっとすごく輝いていたね。

この三年間で、確実に強く変わる事ができたよ。

理由もわからないまま、突然去っていったあなたを……たぶん一生許せないし、忘れないし、大好きです。

【君は幸せでしたか？】

美嘉はすごくすごくすごく幸せでした。

あなたに会えて、良かったです。

ヒロの姿を最後まで見送る事ができずにイズミ達の元へ走った。

「美嘉、よく頑張った」

「よしよしえらいぞ⤴⤴」

「勇気出して良かったねぇ！」

シンタロウとヤマトとアヤが優しく微笑んでくれる。

「美嘉ぁ～よぐやづだぁ～……」

美嘉は泣きながら頭をなでてくれたイズミに抱きついた。

「みんなありがどぉぉ」

みんながいてくれて良かった。本当に良かった。

お世話になった校舎は改めて見ると意外に大きくて古くて……三年間もいたのに、そんな事にも気づかなかったんだ。

みんなで校舎に向かって深く頭を下げ、校門を出て歩き出した。

卒業証書を手に持ったまま、前々から計画していた、〝卒業パーティー〟の会場である駅前のカラオケ店へと向かう。

その途中に、ヒロと別れたあの川原の前を通った。

泣きながら自転車こいで、泣きながら思い出の曲を聴いた。

泣きながらこの川原に来て、泣きながら幸せだった頃の二人を思い出した。

そんな日々も、いつか笑って話せるようになろう……。

人は涙を流した分だけ強くなるって言うけど、人は悩んだ分だけ大人になるって言うけど、涙を流したり悩んだりする事ができるという事実が、大切な過程なんだよね。

カラオケ店の駐車場には、待ちくたびれたケンちゃんと優がいる。

優にはなんとなく後ろめたい気持ちがある。これって罪悪感なのかな⁇

美嘉は平静を装い、おずおずと優に近づいた。

「美嘉、卒業おめでとさん！」

優の笑顔に心が痛む反面、なぜか妙に心が安らぐ。

「……うん、ありがと‼」

入店しようと自動ドアが開いた時、優は美嘉の手を強く引き、再び駐車場へと連れ戻した。

「優、どうしたの⁇　カラオケ行かないの⁇」

困る美嘉をきつく抱きしめる優。

それはあまりに突然の出来事だった。

「良かった、美嘉もう来ぇへんかと思ったわ……」

「え？　ちゃんと来るよ？　なんで⁇」

抱きしめる腕の力がさらに強まる。

「なんとなくそんな気がしとった。でも来てくれて良かったわ」

……あぁ、そっか。優も不安だったんだ。

美嘉がヒロの所へ行っちゃうかもしれないって不安だったんだ。

心配かけてごめんね。美嘉ね、ちゃんと戻ってきたよ。無事に卒業できたよ。

優はゆっくり体を離し、ポケットから何かを取り出すとそれを美嘉のまぶたに当てた。

「……ひゃっ‼　冷たっ‼」

小さな袋に入った……氷。

「泣き虫な美嘉の事やから、絶対泣いてる思って用意しといたで！」

「もう氷とけちゃってるよぉ‼」

「ちょっと早く買いすぎたんかな？　とりあえず冷やしておきぃ」

突然いなくなった二人を心配したのか、ヤマトがカラオケから出てきて、二人の姿を見つけると少し遠くから叫んだ。

「あらあらイチャイチャしてるお二人さん♪　受付済ませたから部屋行きますよ♪　部屋でイチャイチャしてくださいな～♪」

あえてヒロと握手をした方の手で……優の手を握る。

何も知らない優。罪悪感で胸が痛む美嘉。

二人は別々の気持ちを抱えたまま、みんなが待つ部屋へと向かった。

「俺は今から彼女を迎えに行ってきま〜す♪」

うれしそうに鼻歌を歌いながら部屋を出ていくヤマト。

「ヤマトの彼女ってどんな子なん？」

ヤマトがいなくなったのを確認して、優はみんなに問いかけた。

「あたし達も見た事ないんですよ〜でもヤマトをあそこまでギャル男に変えるんだから、きっとギャルだと思う！　ね、美嘉！」

イズミが美嘉に同意を求める。

「うん、絶対にギャルだよっ!!　間違いない!!」

その時タイミング良くドアが開き、みんなは一斉に唾を飲み込んだ。

とてもうれしそうなヤマトと手をつなぎながら入ってきたセーラー服の彼女。

「じゃじゃーん！　俺の彼女のマイミちゃんで〜す♪」

想像していたギャルとは正反対で、色白でほっそりとしたお嬢様系。

清楚《せいそ》で整った顔立ちに、セーラー服がとても良く似合っている。

「彼女処女だからさ♪」

前にヤマトが言ってたこの言葉、今となっては信頼性がある。

「マイミちゃんてギャル男が好きなの？　ヤマトにそう言ったんでしょ？」

イズミが不思議そうに問いかけると彼女は頬を赤らめ、ヤマトの存在をちらちらと気にしながら答えた。

「私ギャル男が好きとかじゃなくて……強くてたくましい男が好きって言ったんです……」

みんなの視線は一斉にヤマトへと向けられる。

どう見ても〝強くてたくましい男〟には見えないけど……。

ヤマトはその視線に気づき、誇らしげに立ち上がった。

「だって強くてたくましい男と言えば、ギャル男しかないだろ⁉」　俺もしかして間違ってる⁉」

……うん、間違ってる。百パーセント間違ってるよ。

見た目じゃなくて、彼女は中身の事を言ってるんだよ。

でもそんな正直な事……言えるわけがない。

だってギャル男になるため、学校をサボって日サロに通っていたせいで、小テストで0点取って泣いていたあなたの姿を知っているから。

ごめんなさい、間違ってるなんて……今さらそんな傷つけるような事は言えません。

「うん、明らかに間違えてるよ！」

しかしケンちゃんはいともあっさりと禁句を口にした。

なんて残酷な人だ……でもよくぞ言ってくれた！　偉い!!

「「卒業祝いに乾杯〜♪」」

放心状態のヤマトをよそに、みんなは声をそろえてグラスを合わせた。

早くも立ち直ったヤマトと彼女は寄り添って二人の世界に入っている。

こんなヤマトの姿はめったに見れないから目に焼きつけておくとするか。

「ヤマト〜卒業だから卒業ソング歌ってよ〜♪」

イズミがラブラブな二人の会話に強引に割り込んだ。

「俺はマイミちゃんのお願いしか聞きませ〜ん♪♪」

「あっそ！　ヤマトのケ〜チ！　ハ〜ゲ！」

下唇を出していじけるイズミの横で、シンタロウがリモコンを手に取りピピピっと曲を入れている。

流れた曲は19の「卒業の歌、友達の歌。」だ。

美嘉はポテトをくわえながらじっくりと歌詞を見つめていた。

♪〜　「終わる事」を僕らが意識し始めた時
急に時間は形を変えた

「退屈だ。」と叫んでいた
「なんでもない毎日」が今では宝物です。
裏切りや嘘も　だけど、だけど信じていたよ？
校舎の影で待っている時間はもう　戻ってこないけれど
いつも想《おも》い出《で》はそこにいて　今でも待っている。
……そしてまたここに「そんな時」を　止められずに泣いている
「これから」の君がいる。
そんな君に今だからこそ伝えたい
いくつかの言葉が見つかりました。
「その時」は「終わる」じゃなく「はじまり」ということを…
現在《きょう》が「あの頃」と呼ばれても…
そこには距離という邪魔者が居ても…
「行こう。」ぬるま湯に風邪ひいて臆病になる前に　～♪
　歌を聴いて、美嘉は思わず部屋を飛び出した。
　別に悲しいわけじゃない……なのに涙が止まらない。
　外にある自動販売機の横でうずくまって泣いた。

枯れるほど泣いて、もう涙は出ないと思っていたのに……不思議だね。

「どないしたん？」

上から聞こえる声にゆっくりと顔を上げる。

優だ……。

祈ってた……声をかけた相手が優じゃない事を。

優にはこの涙を見られたくなかったんだ。

「ん～とね、卒業するのが寂しくなっただけ……」

本当のようで嘘のような言いわけ。

優は美嘉の手を引き起こそうとしたが、美嘉は地面に座り込んだまま動かなかった。

美嘉の前に腰を下ろし、服のそでで美嘉の涙をふく優。

「卒業はな、一生の別れやないで？　これからがスタートやから！」

優の言葉に罪悪感が爆発し、美嘉の口は勝手に動いていた。

「優……ごめんなさい。美嘉今日ね、ヒロと話したの……」

「ヒロって誰なん？」

「優の前に付き合った元カレ……」

「そうなんや。元カレと話してどうやった？」

低く落ち着いた声で問う優。その冷静さは作っているようにも感じられる。

「指輪返して……幸せになれって言われて握手して、それであ……のね……」

泣きすぎたのか止まらないしゃっくりが言葉を邪魔する。

「指輪返したん？」

優の表情をうかがいながら小さくうなずく美嘉。

優は美嘉の両手を取ると、縦に激しくブンブンと振った。

「つらかったやろ？　よく頑張ったな。正直に話してくれてありがとな」

ヒロと話した事を優に秘密にして……心の奥でもやもやしていたのかもしれない。

その証拠に今、心のもやもやがゆっくりと消えてゆく。

嫌われるかもしれないと思い、すべてを優に伝えるのが怖かった。

でも優はどんな事でも受け止めてくれる人だって事を……忘れていたよ。

「このまま抜け出して、二人で海行かへん？」

優からのあまりに唐突な提案。

「え……でも大丈夫かな⁇」

「電話すれば大丈夫やろ？　それぞれカップルやしな。ほな行くで！」

優は美嘉の片手を引いて起こし、その手をつないだまま車へと向かった。

行く先は……海。二人が始まった場所。

海に向かう途中、優はケンちゃんに電話をかけた。

『俺ら今からちょっと海行くから伝えといてくれへん？　頼むわ！』


そして車は海に到着した。

まだ肌寒い風、潮の香り、カモメの鳴き声。

波は絶える事なく大きな音をたてている。

残念ながら今日はあいにくの天気で夕日が雲に隠れてしまっていて、時たま雲間から見える夕日がやけにまぶしかった。

「砂まだ少し濡れとるし制服汚れるやん。俺の脚の上に座りぃ」

砂の上にあぐらをかき、美嘉の体を脚の上へと乗せる優。

優の長い脚のおかげで、あぐらをかいたちょうど真ん中に美嘉はピッタリとおさまった。

ザザーン、ザザーン。

波の音を聞いて浮かんだ光景……それは優に告白されたあの日。

かすみ草をプレゼントしてくれて大声で告白されたんだっけ。

……冗談だったのにね。

「何笑いこらえとんねん。もしかして今、俺が気持ち伝えた時の事思い出してたやろ？」

優にはなんでもお見通しだ。あ～怖い怖い。

「別にぃ♪　そう言えばかすみ草の花言葉って知ってる？　美嘉もつい最近知ったんだけどね、優にぴったりの花言葉なんだよっ!!」

「知らへんなぁ！　何て言うん？」

「ん～やっぱり秘密!!　恥ずかしいから今度教えるね!!」

「めっちゃ気になるけどわかったで！　……～ような！」

一段と大きい波の音に、かき消されてしまった優の声。

「え？　何⁇　聞こえなかったぁ～もう一回!!」

「なんかお互い伝える事とかあったら海に来ような！」

優は波に負けない大声で、確かにそう言った。

「うん、約束ね!!　じゃあ指きりげんまんしよう⁇」

二人の小指がからみ合う。

「ええで！　指きりげんまん嘘ついたら針千本飲～ます、指きった♪」

小指を離そうとするが、優はなかなか離してくれようとはしない。

優は美嘉にキスをし、その瞬間にからまった小指が離れた。

「ほな約束な！」

……優は美嘉をドキドキさせるのがうまい。

さっきまで不安や寂しさや悲しみであんなに泣いていたのに……今はこんなにもドキドキしているんだ。

「……優の夢って何⁉」

まだ静まらない心臓の音。その音をかき消そうとするかのように、美嘉は大声を張り上げた。

必死……精一杯の話題。

「俺の夢か？　聞いたら笑われるかもしれへんしなぁ～」

優は照れくさそうな表情で言うのをためらっている。

「え、何何何～⁇　聞きたいっ‼」

美嘉は波の音に耳を澄ませながら、返事を待った。

「俺な、保育士になりたいねん」

「保育士⁇」

「そう。人の笑顔を見るの好きやねん。それに、子供も好きやしな！」

「……そうなんだ‼　優らしい夢だねっ‼」

みんなそれぞれ大きな夢を持ってるんだ。

「美嘉の夢は何なん？」

美嘉の……夢。

――高校一年の秋――

「美嘉ってさー将来の夢とかあんの？」

「うんとね～、お嫁さんになる事かなぁ!!　ヒロは??」

「俺の夢は～美嘉をお嫁さんにする事♪」

「あはは！　バーカ!!」

「うるせ～！　美嘉は誰の嫁さんでもいいのか？」

「……良くない！　ヒロのお嫁さんになるの!!」

「しょうがねぇな～俺の嫁さんにしてやるか！　じゃあ俺ら同じ夢だな！」

……まだ若かったあの頃。

それでも、その夢をずっとずっと信じていたよ。

美嘉は海を見つめたまま、ゆっくりと話し始めた。

「美嘉の夢はね、英語に関わる仕事かなぁ。英語好きだから、通訳とかになれたらいいかなぁ!!」

本当は……まだ夢なんてない。わかんないの。

優……嘘ついてごめんね。一人だけ置いてけぼりになるのが怖かったんだ。

優は砂を手に取り、パラパラと自分の靴にかける。

「カッコいい夢やな。美嘉なら絶対になれるで。もし美嘉が通訳になったら、海外旅行の時に頼むわ！」

「頑張るっ!! 優も絶対いい保育士さんになれるよ!!」

「そうか？ ありがとな！ じゃあそろそろ車に戻るで」

将来は何になりたいとか……みんなもう考えたりしてるのかな。

叶《かな》わぬ夢を追っていたあの頃。

……あの頃とはもう何もかもが違う。〝将来〟が近くにある。

これから大学に行き、あっという間に卒業して社会に出ていろいろな波にもまれて……きっといつか学生時代を、今この時をうらやましく思う日が来るのかな⁇

大人になっていくのが、怖いよ。

「ほなまたなぁ。卒業おめでとさん！」

「また近いうちに遊ぼうねっ!!」

家に着くといつもと変わらず、優はクラクションを二回鳴らして去っていった。

家に帰り、今日もらったばかりの卒業アルバムをパラパラと開いてみる。

あのページは……今はまだ見ない。見れない。見たくない。

四人の写真が載っている写真のページ。

……いつか笑って開けられる日が来ますように。

最後のページに書いてもらったみんなからのメッセージを読み返しながら、美嘉は深い眠りについた。


高校生活を……あの人を……無事に卒業する事ができた。

明日からはしばらく休みが続き、そして四月からは念願の大学生だ。

これから新しい生活が始まろうとしている。

卒業……人生の一瞬、ほんのひとかけら。この三年間は絶対に忘れない。

忘れない。忘れられないから。

こうして美嘉はまた新たなる一歩を進み始めた。

家族の絆

卒業してから美嘉は、夜中に寝て昼に起きるというだらだらした生活を送っていた。

学校へ行っていた頃は朝六時とかに起きるのがつらいわけでもなく、それがごく普通の生活だったのに……〝慣れ〟ってすごいものだ。

四月からは大学生。それまでには生活を戻さなきゃ。

家から大学までの距離は遠く、美嘉は独り暮らしをしようと心に決め、何度も不動産屋に足を運んだ。

その日も行こうと、太陽が一番高い位置まで昇ると言われている昼間に目を覚ますと、居間から激しい怒鳴り声が聞こえた。

ドアのすきまから居間の様子をこっそりのぞいてみると、お父さんとお母さんが何か言い合いをしている。

ソファーに座って腕を組むお父さんに、立ち上がりいらだった様子で何かを叫ぶお母さん。

内容は聞こえないけど両親がケンカするなんて今まであまりなかったので、珍しい光景に美嘉は息をのむ。

どうせ明日には仲直りしてるだろう。

……そう考え見ていないフリをした。

しかし……ケンカは毎日毎日続いた。

部屋まで響き渡る悲鳴のようでもある怒鳴り声。皿やイスなどを床に投げつける激しい音。

しかめっつらで家から出ていくお父さん。うずくまって何かを考え込むお母さん。

布団にくるまりCDを大音量でかけて、何も聞こえないように過ごす日々。

仲直りしてくれるまでの我慢だよ。

そう信じて……耐えるしかなかった。

ある日の朝、いつにも増して激しい言い争いの声で目が覚めた。

また今日もケンカしてる……聞いてるこっちの気持ちも考えてほしいよ。

ガチャッ。

お父さんが家から出ていくと同時に、部屋のドアが開いた。

「美嘉、起きてるかい？」

……お母さんだ。

「今ちょうど起きたよ!!」

泣いたのだろうか、お母さんの目は赤くはれている。

「話があるんだけど大丈夫?」

「……うん」

肩を落としてその場に座るお母さんが、なんだかちっちゃく見える。

そしてお母さんの口から出る言葉を聞くのが……なぜか怖くなった。

静まり返る部屋に響き渡るエンジン音は、お父さんが車に乗ってどこかに行ってしまった事を意味している。

お母さんは音の方向に目を向けながら沈黙を破った。

「家を出ていかなきゃならないかもしれないの」

……家を出ていく??

理解ができない。頭が混乱する。

自分なりに答えを出そうと試みるが、……悪い答えしか思いつかない。

美嘉は汗がにじむ手のひらを握りしめてお母さんの言葉を待った。

「お父さんの会社が危ないのよ。だからこの家のお金払えなくなっちゃうの」

お父さんは今までに、何度か仕事を変えている。

でもなんだかんだ言って、今まではどうにか普通の生活を送ってきた。

お父さんは家の大黒柱だから、一生懸命働かなきゃならないし……大変だよね。

それはわかってるよ。

美嘉はまだ子供だから大人の事情はわからない。

でもお母さんはずっと一人でその悩みを背負っていたんだ。

「……いつ出ていくの⁇」

カーテンのすきまからもれる光に目を細めながら問いかける。

……冷静ぶってるけど実はかなり動揺しているんだ。

「まだいつかはわかんないけど、近いうちにそうなると思うよ」

小学校の時から住んでたこの家……たくさんの思い出が詰まっている。

いつでも家族がいるこの家に帰ってこれると思ったから、独り暮らしをしようと思った。それなのに……離れるなんて嫌だよ。

でも嫌だなんて、そんなわがまま言えないよね。

今の美嘉には大きな収入があるわけでもない。

どうする事もできないから……。

住む家が変わっても家族が一緒なら大丈夫。

一緒ならどんな事があっても……乗り越えていけるよね。

長い独り言を頭の中でつぶやきながら、美嘉はカーテンのすきまの先にある景色をじっと見つめる。

お母さんは少し震えた小声で……再び話し始めた。

「お父さんとお母さん、どっちについていくか考えておきなさい」

そう言い残し……お母さんは独特の心地良い香りを残して部屋から出ていってしまった。

……え⁇　みんなで同じ家に引っ越すんじゃないの？

そうだよね？　違うの⁇　ねぇ、お父さん……お母さん……。

〝離婚〟……こんな二文字が頭をよぎる。聞き慣れない言葉。

美嘉が中学生の時までは、必ず毎年家族で夏はキャンプに、冬は温泉旅行に行っていた。

「美嘉んちの家族って仲いいよね～！」

友達にもよくそう言われた。

家の中は毎日毎日笑い声が絶える事はなかった。

でも……ある日を境にお父さんとお母さんが、突然口を聞かなくなって。

……笑わなくなったんだ。

その時は気づかなかったけど、今考えたら初めてお父さんが仕事を変えた日だったかな。

それから家族が集まる事はなくなって、毎年行ってたキャンプも温泉旅行もいつの間にか行かなくなっていた。

お父さんとお母さんが気まずい雰囲気の時は、どうにか盛り上げようと、お姉ちゃんと一緒にわざとバカ騒ぎして怒られた事もあったね。

お姉ちゃんはバイトを始めてからなかなか家に帰ってこなくなり、美嘉もわざと自分に目を向けてもらうために遅い時間に帰ったりもした。

家にいてもなぜか孤独で、寂しい日があった。

家族がバラバラになっているのはなんとなく気づいていて……正直ずっと不安だったんだ。

お母さんの言い方に〝離婚〟は近いうちにある現実だと悟った。

現実を受け止める事ができずに、家を出てお姉ちゃんのバイト先のコンビニへと向かった。

お姉ちゃんはどこまで知ってるの？　どう思ってるの⁇

「いらっしゃいま……あ、美嘉！」

「お姉ちゃん、バイト終わったら話せる⁇」

周りをキョロキョロと見回し、小さい声でつぶやくお姉ちゃん。

「あと少しでバイト終わるから裏で待ってて！」

裏にあるイスに腰をかける。時間はどんどん過ぎてゆく。

「ごめんごめん今終わったから！　ヒデオ迎えに来てるから！」

ヒデオとはお姉ちゃんの彼氏の名前。

三十代前半らしく何回か家に遊びにきた事もあり、笑顔がうさんくさくて物事をハッキリ言ういやに大人ぶった男で苦手だった。

コンビニの前にはワゴン車が停《と》まっており、その横にはヒデオが待っている。

美嘉はいやいやながらも軽く頭を下げ、車に乗り込んだ。

「で、話って何？　どうしたの？」

お姉ちゃんが助手席から振り返り美嘉に問う。

ヒデオの存在が少し気になるが答えるしかないこの状況。

「お姉ちゃんは家の事どこまで知ってるの⁇」

一瞬にしてお姉ちゃんから笑顔が消えた。

「全部……知ってるよ。美嘉も聞いたの？」

「今日聞いたよ。ねぇ、どう思った？　家族がバラバラになるなんて寂しいよね⁇」

〝寂しいよ〟

この言葉を待っていた。

だって家族がばらばらになるんだよ⁇　寂しいに決まってるじゃん。

しかしお姉ちゃんの口から出た言葉は思いもよらないものだった。

「決まった事なんだからしょうがないよ。私はお母さんについていくつもり。美嘉はどうするの？」

〝しょうがない〟……本当にそう思ってるの⁇

美嘉が無言を続けていると運転していたヒデオが口を開いた。

「お父さんとお母さんの事好きでしょ？　大好きな二人が決めた事なら受け止めるべきじゃないの？」

……受け止める？　なんで⁇

大好きだからこそ離れてほしくないんだよ。

「美嘉、もう少し大人になりなよ」

お姉ちゃんは、まっすぐ前を見ながら冷たくそう言い放った。

お姉ちゃんだけは同じ気持ちでいてくれると思った。

でもね、見えてるんだよ。頰に伝わり流れ落ちる涙……。

お姉ちゃんも本当は寂しいんだ。

でも……必死に自分を保ってるんだね。

「もう降りる……」

美嘉は車を降り、全速力で走った。

人はつらい時……走る事で一瞬だけ、何もかもを忘れる事ができる。

それは悲しみから逃げる唯一の手段なのかもしれない。

平凡を求めるのはいけない事ですか？

普通の日々を過ごしたいと思うのは間違ってますか？

美嘉は幸せになっちゃいけないのですか？

高校を卒業してこれから新しいスタートっていう時なのに。

……これも優が言ってた大人になる試練なのですか？

大好きな人が離れていくのは仕方ないとあきらめ、大好きな人が決めた事だからって受け止めなければならない。

それが〝大人〟ですか？

もしそれが〝本当の大人〟なら……美嘉は一生大人になんかなりたくないです。

大好きな人が離れていくのを受け止められるほど強くない。

♪プルルルルル♪

突然鳴ったイズミからの着信に美嘉は足を止める。

『もしもしイズミ～うえぇぇぇぇん』

『美嘉!?　どうしたの!?　今から行くからどこにいるか教えて』

電話越しに泣きじゃくる美嘉を見かねて、イズミは迎えに来てくれた。

そして二人は手をつないでイズミの家へと歩き出した。

「……で、どうしたの？　あたし達に全部言いなさい！」

「あのね、親離婚するかもしれないの。最近お父さんとお母さん仲良くなくって……今住んでる家も出なきゃならないみたい。お姉ちゃんはしょうがないって」

イズミとたまたまイズミの家にいたシンタロウに事情を説明する。

美嘉は話し終えると、イズミがついでくれたイチゴミルクをひと口飲んだ。

あれ⁇　甘いはずなのになんでしょっぱいんだろ。

あぁ、そっか。涙でしょっぱいんだ。

イズミとシンタロウは何も言わずに、ただただうなずいて聞いてくれていた。

そのうち泣き疲れて、美嘉はいつの間にか眠りについてしまった。


……浅い眠りだったのかもしれない。

眠りながら考え事をしていた。

……と言うより、暗闇に向かって何かを叫んでいる夢を見ていた。

お父さん、お母さん、覚えていますか。

まだ小さい頃にね、「美嘉はお父さんとお母さんどっちが好き？」こう問いかけた事を。

あなた達にしたら冗談半分だったのかもしれない。

でもね、美嘉は幼いながらも一週間考えて考えて……食事も喉に通らないくらい悩んだ。

でも結局答えは出ませんでした。だって、二人とも同じくらい大好きだから。

お父さんもお母さんも大好きだから……選べなかったの。

お姉ちゃん、覚えていますか。

一カ月くらいね、あなたの部屋に布団を敷いて一緒に寝た事を。

どうしてだと思う??

その時期美嘉はすごく悩んでいたんだ。

でも誰にも相談できない悩みだった。

ただあなたと一緒の空間にいるだけで……それだけで悩みがちっぽけに思えて、立ち直る事ができたんだよ。

あなたにはそんな魅力があります。

それくらいみんなの事が大好きなの。

だから離れたくないよ。離れたくない。

これからもずっとずっと一緒にいたいよ……。

ドタドタ……バタンッ。

誰かが階段を上り、激しくドアを開けた音で目を覚ました。

来た時明るかったはずの空はもう真っ暗になっている。

あ、イズミとシンタロウに話を聞いてもらって泣きながら寝ちゃったんだ。

話したことで少し落ち着き、あくびをしながら伸びをしていると、目の前に立ちはだかっている大きな影に気づいた。

口を開いて両手を伸ばしたたまま、美嘉はおそるおそる顔を見上げる。

……優!?

優がなんでここにいるの⁇　これは夢の続き……⁇

「行くで」

優は不機嫌そうな顔で美嘉を軽々と持ち上げ、そのまま階段を下りた。

状況が理解できずにイズミとシンタロウに助けを求めると、二人は唇をパクパクと動かしている。

【が・ん・ば・れ】

二人の唇は確かにこう動いていた。

靴も履かせてもらえないまま強引に助手席に乗せられ、車は動き出した。

「なんで美嘉がここにいる事知ってるの⁉」

美嘉の問いに答えず運転を続ける優。それどころか目すら合わせてくれない。

車は優の家に到着し、再び持ち上げられて部屋へと運ばれた。

壁に寄りかかり、体育座りをして優の言葉を待つ美嘉。

しかし優は何も話そうとしない。

時計の寂しい音だけが鳴り響く中、電気もついていないので、優がどんな表情をしているのかもわからない。

「優……電気つけないの⁉」

遠慮がちにそうつぶやくと優は立ち上がりこっちへと向かってきた。

その反動で机に置いてあったリモコンが床へと落ち、不快な音が部屋中に響く。

そして優は美嘉の目の前に腰を下ろした。

暗闇にだんだんと目が慣れてきた。

表情まではわからないけどうっすら見える優の姿はいつものやさしい大人な優ではない。

暗闇がさらに迫力を増している。

優は突然、美嘉の両手首をつかみ、強く壁に押しつけた。

その力はとても強くて、優は男なのだと改めて実感させられる。

……なんて、今そんな事を実感している場合ではないけど。

優は痛がる美嘉のおびえた表情を見て、少しだけ力を弱めた。

「なんで俺に言わへんの？　イズミちゃんとシンタロウから全部聞いたで」

……家の事聞いたんだ。

「ごめん……」

「俺には相談できへん？　俺じゃ頼りないんか？」

目は完全に暗闇に慣れ、表情もぼんやりと見えるようになってきた。

鋭い目、明らかに怒っている顔。

優の顔を見ていたら答える勇気がなくなりそうだったので下を向いた。

優の両親は離婚してるって前言ってたから……相談したら昔の事を思い出して悲しくなるんじゃないかと思ったから言えなかったんだ。

「だって優の家だって……」

つかまれた手首はゆっくりと離れ……二人のおでこがくっつく。

「アホか！　同じ経験した事あるからこそ話聞けるんやろ」

「うん……」

「ったくほんまアホやな。だからほっとけへんねん」

ため息をついてあきれた顔をしながらも、優は美嘉をきつく抱きしめた。

優の体温が美嘉の不安や悲しみを少しずつ吸収してゆく……。

「こんなとこで寝たら風邪引くで？」

安心感からか、再び睡魔が美嘉を襲い、うとうとしていると、優は美嘉の体を持ち上げベッドまで運んだ。

それに続いて優も布団に入り、右手を横に伸ばしている。

美嘉はちょこちょこと優の右腕に移動し、肩のあたりに頭を乗せた。

美嘉の髪をやさしくなでる優。

とても心地良く、嫌な出来事なんかすべて忘れてしまいそうになる。

「優に相談しなかった事、ごめんなさい……」

優の吐息が美嘉の髪にかかり、髪がふわっと揺れる。

美嘉の吐息が優の首元にかかり、えりがふわっと揺れる。

「美嘉はお母さんのどこが好きなん？」

突然の優の問いに、美嘉は少し戸惑いながらも返事をした。

「うんとね、料理が上手だし、美嘉の事をすごく理解してくれてる。自慢のお母さんだよ!!」

「ほなお父さんの好きなとこは？」

「怒ると怖いけど、誰よりも美嘉を心配してくれてる。自慢のお父さんだよ!!」

「お姉ちゃんは?」

「ケンカもするけどいろんな話聞いてくれて、美嘉の事一番わかってくれてるところ。自慢のお姉ちゃんだよ!!」

「美嘉は家族みんなが大好きやもんな?」

「うん……大好き」

「なら、それを素直に伝えるとええよ」

「……伝えるって?」

「俺も家族好きやったし、離婚せんでほしかったんやけど、離婚せんでって言えへんかった。今もずっと後悔しとる。あの時俺が素直になっとったら何か変わっとったかもって」

美嘉は今日お姉ちゃんとヒデオに言われた事を思い出した。

「お父さんもお母さんも大好きだから、大好きな二人が決めた事を受け止めなきゃいけないんだって……美嘉はもっと大人にならなきゃいけないみたい」

受け止めなければならない。現実を……受け止めなきゃ。

「家族を想う気持ちに大人も子供もないわ。思った事を口にすればええよ。美嘉には後悔してほしくないねん」

美嘉はほっぺをつねる優の体に手を回して胸にうずくまった。

頼っても……いいのかな。

「あのね、いきなりね、毎年行ってた家族旅行がなくなったの……」

「うん」

「それでね、いきなりお父さんとお母さんが話さなくなってね……」

「うんうん」

「前はね、一つの大きなお皿におかず入れてみんなで取り合ってたのに、今はみんな一人一つの小さいお皿に分けられてるの」

「うん」

「居間からね、笑い声が聞こえてこないの。それでね……」

「うんうん」

優は張りつめた糸がプツンと切れたように泣きじゃくりながら話し続ける美嘉の肩を抱き寄せ、最後まで話を聞いてくれていた。

ようやく落ち着いた時、優は服のすそで美嘉の鼻水をふいた。

「美嘉、手出してみ？」

優の体に巻きつけた手を離し布団から出すと、優は美嘉の親指と薬指と小指を折った。

優が作ったのは、ピースサイン。

「ピース？　チョキ⁇」

自分もピースをしてその指を美嘉のピースとくっつける優。

「俺がガキん時、親父に教わったおまじない。ピースには二つの意味があって、一つ目は〝つらい時とか勇気が出ない時にピースすると元気が出て笑顔になれる〟そして二つ目は〝誰かに向かって頑張れって応援する時にピースをすれば、された人は成功する〟らしいで！」

「……そう言えば受験の時とかピースしてくれてたよね！　それって〝頑張れ〟って意味だったの⁇」

「そうやで！　だから受験成功したやん♪」

「……あ、そういえばなんか元気出てきたっ‼」

「やろ？　落ち込んだ時はピースやで。俺、美嘉が泣いとる顔も好きやけど、笑ってる顔の方がもっと好きやから！」

そんな会話をしているうちにいつの間にか二人は眠りについた。


♪プルルルルルル♪

枕元で鳴り響くうるさい携帯電話の着信音で目が覚めた。

着信：家

昨日、連絡もしないで外泊したから心配して電話をしてきたのだろう。

電話はしばらく鳴り続けていたが、結局出なかった。

もうちょっとゆっくり考えたいから……。

鳴りやんだと同時に携帯を手に取ると、メールが二件ほど届いている。

しかも日付を見ると届いたのは昨日だ。

受信：イズミ
《勝手に優さんに話してごめんね。でも、優さんが一番美嘉の事わかってると思ったの(;_;)　勝手な事してごめんね。私美嘉の味方だからね！　いつでも話聞くから♪》

受信：シンタロウ
《ったくおまえは心配ばっかかけやがって。でももう慣れたけどな。むしろこれからも相談してこい！》

……ありがとう。心でお礼をつぶやいた。

両親の離婚の意思はおそらく変わらないだろうけど、近々家族と話してみる。

……もう逃げないよ。

「お、起きたか～」

洗面所から戻ってきた優はなぜかスーツを着てネクタイを締めている。

授業があるのかな⁇　でも大学ってまだ春休みのはずなのに。

「ほなさっそく行くで！」

優は机から車の鍵を取り出すと、指でくるくる回した。

「えっ、どこに⁇　美嘉ノーメイクだし……寝ぐせとかもひどいよ⁉」

「えーからえーから、可愛いから気にする事ないで」

強引に手を引かれたまま進んだが、二人は玄関の前で立ち止まった。

そう……靴がない。昨日優が美嘉を抱えて、靴を履かずにそのまま車に乗せたからだ。

優は美嘉を持ち上げるとそのまま助手席まで運んだ。

「出発するで！」

出発ったって……どこに行くんだよぉ～……。

何も聞かされずに外に連れ出され、美嘉は少しばかり不機嫌になった。

さっき優が車の鍵を指で回してた行為、あれは優が緊張した時に出るくせだという事をすっかり忘れて……。

しばらくして到着したのは、美嘉の家の前。

優は再び靴がなく裸足の美嘉を助手席から持ち上げ、玄関の前へと運びストンと下ろした。

「ちょっ……うちに行くの⁇　やばいよ～‼　昨日、無断外泊もしたし……」

「俺を信じな」

何かを決断したような表情の優。

そのまっすぐな表情に何も言い返すことができず、おそるおそる玄関のドアを開いた。

「た……だいまぁ」

居間から聞こえてくるのはいつもと変わらない両親の怒鳴り声。

「おじゃましますって叫んでもええか？」

「帰ってきたの気づいてないみたいだから言わなくていいよ!!」

美嘉は靴箱の横に不自然に落ちていた小さなビニール袋を拾うと、優を部屋へと案内した。

優が家に来てくれてうれしいはずなのに……笑顔を作っている自分がいる。

本当はすごく悲しいんだ。

美嘉ね、昨日、無断外泊したんだよ??

怒らないの?? 帰ってきたのに気づいてくれないの??

家族なのに寂しいね。本当に離れちゃうんだね。

「美嘉、手に何持ってるん？」

優は美嘉が手に持っているビニール袋を指差している。

「あ～この袋ね、玄関の横に落ちてたの。ゴミだったら捨てようと思って一応持ってきたっ!!」

ビニール袋の中身を確認しようとのぞく美嘉。

その中身を知った時、美嘉は袋を床に落とした。

落ちた反動で袋に入っていた中身は、パラパラと音をたてて散らばった。

中に入っていたのは……たくさんの写真。お父さんとお母さんが二人で写っている写真。

その写真がちょうど二人の真ん中で半分に破られている。

お父さんが破いたのか、お母さんが破いたのか、そんな事、今はどうでもいい……。

ただその事実がショックだった。

優は何も言わずに床に散らばったバラバラの写真を集め、机の上に置いてあったセロテープでパズルのように写真を貼り合わせ始めた。

破かれた写真の中に、美嘉がまだ生まれたばかりの頃だろうと思われる写真がある。

まだ赤ちゃんの美嘉はお父さんに抱っこされていて、お姉ちゃんはお母さんに抱っこされている。

その写真がみごとに半分に破られていて……。

〝私はお母さんについていくよ〟

昨日お姉ちゃんが言った言葉がよみがえり、美嘉は力を無くしその場に座り込んだ。

「くっつければ絶対戻るで、大丈夫やからな」

優の言葉で我に返り、美嘉も一緒になって写真を貼り合わせる。

写真の上に涙を流しながら……パズルのように一枚一枚つなげる。

すべての写真を貼り終えて再び袋に戻すと、突然、優が立ち上がった。

「よっしゃ、作戦開始やで」

優は写真の入った袋を持ったまま部屋を出て居間へと向かっていく。

「え⁇　今お父さんとお母さんケンカ中だからやばいよ⁉」

パニック状態の美嘉の手を取り、優はニヤッと不敵な笑みを浮かべた。

「大丈夫やから、信じろ！」

優が言う〝作戦〟の意味がわからないままドアを開けると、居間は一瞬静まり返った。

「あの……彼氏連れてきたからっ‼」

なかばヤケになりながら優を居間へと連れ込むと、優は美嘉の横に移動し、お父さんとお母さんに向かって深々と頭を下げた。

「美嘉さんとお付き合いさせていただいてる福原《ふくはら》優と言います。K大学の三年です」

顔を見合わせるお父さんとお母さん。

驚くのは当たり前だ。彼氏がいるなんて一言も言ってなかったし。

……それにしても、優はいったい何をする気なんだろう。

「……K大学は美嘉が受験した大学か」

優は本当に聞こえていないのか聞こえないフリをしているのかはわからないが、お父さんの質問には触れずに話し続けた。

「美嘉は昨日、俺の家に泊まっていました。すみませんでした」

……突然、何言い出すの⁉ しかも呼び捨てになってるし‼

「美嘉昨日ずっと泣いてました。家族と離れるのが嫌やって……大好きやからずっと一緒がいいってそう言うてました。こんなに家族想いな子、なかなかいないと思います」

優は自分の両親に言えなかった事を、代わりに言ってくれているのかな。

美嘉にはそう聞こえるよ。

美嘉は不安なような恥ずかしいような気持ちになり、下を向いた。

沈黙の中、何かで背中を突かれて振り返る。

ピース……優が後ろで小さくピースをしてくれている。

昨日の夜、優が教えてくれたピースの二つ目の意味。

〝ピースを誰かにしたら頑張れって意味やねん。ピースされた人は必ず成功するんやって〟

……頑張る、頑張るよ。

美嘉は手を後ろに回し小さくピースを返して口を開いた。

「……美嘉はお父さんもお母さんもお姉ちゃんも大好きなの。だから……離れ離れなんて嫌だ!!　また昔みたいに旅行に行きたい。大きいお皿におかず入れて取り合いしたいの!!　家が変わっても住む場所が離れても……離婚だけは嫌だよ……」

言い終わると同時に、優は返事を聞かずに美嘉の手を引き、居間の外へと連れ出した。

え??　何??　何がしたいの??

優の手からは、写真の入った袋がいつの間にかなくなっている。

「そろそろええかな」

優は意味深な言葉をつぶやくと美嘉の手を引き、再び居間の方へと連れ戻した。

あまりに忙しい状況の変化に頭がついていけない。

わけもわからず首をかしげながら居間のドアを開けようとすると、優はその手を止めた。

「開けたらあかん!」

そして居間から聞こえる声に耳を澄ませている優。

美嘉も優のマネをして耳を澄ませると、お父さんとお母さんの会話が聞こえてきた。

「美嘉があんなふうに思ってくれてたなんて……」

どことなくうれしそうな声色で、ため息交じりにつぶやくお母さん。

「同じ家に住んでるのに知らなかったな」

お父さんは低く落ち着いた声で答える。

「あら、これ何かしら？」

ガサガサとビニール袋を開ける音がする。

あ……写真。きっとさっき貼り合わせた写真を見てるんだ。

「懐かしいな。結婚する前のやつか？」

「おなか大きいからお姉ちゃんがおなかにいる時かしら」

「そういえばこんな時代もあったな」

「そうね。幸せだったわね」

美嘉はドアのすきまから姿をのぞいてみた。

お父さんとお母さんは写真を見て微笑みながら話している。

こんな姿を見るのは……久しぶりだな。

顔を上げると優は美嘉の頭をポンとたたき親指を立てた。

「作戦成功や！」

作戦……優が言ってた〝作戦〟はこの事だったんだ。

のぞいているのがバレないうちに、二人は忍び足で部屋に戻った。

「ねーねー、もしかして、写真わざと居間に置いてきたの⁉」

興奮気味に体を乗り出す美嘉を横目で見て、手をポケットに入れ口笛を吹きながら答える優。

「さぁ、どうやろな♪」

離婚がなくなったわけではない。でも、お父さんとお母さんが笑顔で会話をしていた。

……優のお陰だよ、ありがとう。

しばらくたっても、居間から怒鳴り声が聞こえてくる事はなかった。

「俺そろそろ帰るな！」

優が玄関のドアノブに手をかけた瞬間、居間のドアが開いた。

……お父さんとお母さんだ。

「良かったらまた遊びに来てね」

お母さんが優にやさしく微笑みかける。

「美嘉をよろしく」

お父さんは低い声で無表情を作ったままそう言った。

優は満面の笑みを浮かべると、頭を深々と下げ家を出ていった。

外ではクラクションを二回鳴らす音が聞こえる。

美嘉はそのまま部屋には戻らず、お父さんとお母さんとともに居間へ行きソファーに深く腰かけた。

「ただいまー」

玄関からはバイトから帰ってきたお姉ちゃんの声がする。

いつもはまっすぐ部屋に直行するお姉ちゃんも、いつもと違う雰囲気に気づいたのか、居間に来て食卓テーブルのイスに腰を下ろした。

「みんなが集まるのってなんか久しぶりだね」

お姉ちゃんの声が居間に響く。その言い方は少し寂しげで……うれしそうでもあった。

「今日、美嘉の彼氏が家に来たのよ～カッコいい子だったね！」

お母さんがキッチンで野菜を切りながらテレビに負けない大きな声で叫ぶ。

「本当に？　あ～見たかった！　美嘉、また今度連れてきてね！」

目を輝かせるお姉ちゃんをよそに、美嘉はお父さんを気にしていた。

父親だもん、娘の彼氏の話を聞いていい気はしないよね。

するとお父さんは新聞をまっすぐ見つめたまま口を開いた。

「これから泊まる時はきちんと連絡しなさい。優君にもあまり迷惑かけないようにな」

意外な言葉に居間は静まり、テレビから聞こえる大げさな笑い声だけが響いている。

いつもは外泊に厳しいお父さんなのに。

……しかも一回しか聞いていないはずの〝優〟って名前を覚えていた。

美嘉はテレビを見ているフリをして、笑いながら涙を流した。

「あれ？　この袋何？」

お姉ちゃんは写真が入っている袋を手に取り、テープでくっつけられた写真を見ている。

そして離れ離れになりかけていた家族が少しずつ戻りかけている事に気づいたみたいだった。

あの時は彼氏の前だったから大人ぶったけど、本当は美嘉と同じ気持ちだったのかもしれないね。

自分はお姉ちゃんだからって……ずっと我慢して耐えていたのかな。

「ご飯できたよ！」

お母さんが食卓テーブルにおかずの入ったお皿を並べる。

美嘉は立ち上がり、食卓テーブルに向かった。

その時見たのは……大きい一つのお皿に入った、たくさんのおかず。

いつもみたいに一人一つのお皿ではない。

美嘉とお姉ちゃんは一瞬目を合わせて微笑み、すぐにそらした。

「あ～、この大きいから揚げ、私がもらうから、美嘉取らないでね！」

「え～お姉ちゃんずるいっ!!　じゃんけんしよう、じゃんけん!!」

「こらこらケンカしないの！　ねぇ、お父さん」

「そうだぞ、どっちかが小さいのを二つ食べればいいじゃないか」

もうダメだと思っていた家族。美嘉じゃどうにもできないと思っていた。

だけどほんのちょっとの勇気と……ほんのちょっと素直になる事で良かったんだ。

もしかしたらみんな心のどこかで昔のように戻る事を願っていたのかもしれないね。

お父さんもお母さんもお互い本当に嫌い合ってるのなら、昔の写真を見てあんなに幸せそうに笑う事なんてできないよ……。

この日、何年ぶりかに四人が集まって一つの大きなお皿からおかずを奪い合い、居間にはとてもとても楽しそうな家族の笑い声が響いていた。

それから、結局美嘉の家は引っ越す事になった。

引っ越しの前日、たくさんの時を過ごした部屋に感謝をしながら美嘉はダンボールだらけの部屋で一人で声を押し殺して泣いた。

思い出はいつでもここに来ればある。

だから寂しくなんかない。

新しい家は大学からさらに遠くなったため、美嘉は家族の了承を得て独り暮らしをする事になった。

大好きな家族がいて帰る家がある。

……それって素晴らしい事だよね。

お母さんがお姉ちゃんを抱き、お父さんが美嘉を抱いたテープで貼り合わされたあの写真。

あの写真は今、写真立てに入れられて居間に飾ってある。

家族は友達や恋人とは違って、一生切れない絆。

どんなに腹が立っても、絶対に嫌いにはならない。

家族がいたから、家族の支えがあったから、今の自分がここにいる。

家族は大切な絆だから、大切な宝物だから。

……ずっとずっと大事に守っていきたいと心から思った。

四月……もうすぐ大学が始まる。

新しい学校、新しい環境、新しい生活。

不安と希望を抱え、美嘉は歩きだした。

五章　恋夢

隠された過去

明日は大学の入学式だ。

今日は優とケンちゃんとアヤに、独り暮らしをする部屋への引っ越しを手伝ってもらっていた。引っ越し先は大学近くにある1LDKのデザイナーズマンション。

一人で不動産に足を運んだため、家賃が高いにも拘《かかわ》らず、半ば強制的に決められてしまったのだ。

「美嘉〜テレビここでええの？」

「あっ、窓側に置いといてぇ〜!!」

家電などの重いものは優とケンちゃんが運び、雑貨などの軽いものは美嘉とアヤが車から運び出す。

とりあえずだいたいの荷物を部屋に運び終えて、ひとまず落ち着いていると、ケンちゃんが近くにあった卒業アルバムを手に取った。

「これって卒アル？　見せて見せて〜」

隣にいた優も一緒になってのぞき込み、美嘉とアヤもそれに続いた。

ページをぺらぺらとめくるケンちゃん。

そしてあのページを……美嘉とヒロとノゾムとアヤの四人が載っているページを開いた。

目を合わせる美嘉とアヤ。おそらく心の中で同じ事を祈っていただろう。

〝写真について何も突っ込まれませんように……〟

そんな願いもむなしく……ケンちゃんはその写真を堂々と指差した。

「え～もしかしてアヤの元カレ？」

「そ、そうだけど～」

優に聞かれたらどうしよう。なんて答えたらいいんだろう。

しかし優は写真をじっと見つめるだけで、何も聞いてこようとはしない。

美嘉は不謹慎ながらも胸をなで下ろした。

そんな安心も束の間《つかま》……。

「じゃあもう一人は美嘉ちゃんの元カレ？」

一瞬、時が止まり重い空気が流れた。

ケンちゃんは、美嘉が元カレに未練があった事など知るはずもないから仕方がない。

悪くないのはわかっているけど、笑顔でデリカシーのない質問をするケンちゃんに少しだけ憎しみを感じてしまう。

ケンちゃんの鬼!!

「あ、次のページにあたし載ってるよぉ！」

強引に次のページを開き、美嘉に向かってウィンクをするアヤ。

優は……どう思ったかな。

「じゃあ明日入学式でね〜♪」

「みんなありがとぉ！　また明日ねっ!!」

三人を見送ると美嘉は一人部屋に戻り、荷物の整理を始めた。

この部屋のお気に入りは調節ができるダウンライトに白い床、そして一段と目立つ赤い扉。

ダンボールから家族で撮った写真を取り出し、壁に貼りつけた。

明日は大学の入学式。

……楽しい大学生活を勝手に想像し、眠りについた。

♪ジリリリリリ♪

部屋中に響く大音量の目覚ましの音。

この目覚まし時計は、優からもらった引っ越し祝いだ。

これからはお母さんが起こしてくれるわけではないから、優は寝起きの悪い美嘉のために、一段と大きい音が出る目覚まし時計を買ってくれたんだ。

「今日はいい天気だぁ～!!」

窓からはまぶしい朝日が差し込んでいる。

『今日は一日中快晴でしょう』

テレビの中のニュースキャスターのお姉さんが笑顔でそう言った。

初めて着るパリっとしたスーツにそでを通す。

大人っぽく変身した自分の姿を想像しながら、美嘉は寝室に置いた等身大の鏡の前に立った。

……絶句絶句絶句。

童顔にスーツがまったくと言っていいほど似合っていない。それどころか染めたばかりの金髪に近い茶髪のせいで、まるで新入りの売れないホステスのようだ。

入学式の時間は迫り、美嘉は急いで家を飛び出た。

会場であるホテルの前に到着すると、みんなはすでに集合していた。

長身で黒ぶち眼鏡のシンタロウは、なぜか妙にスーツが似合っていて、最近高校を卒業したとは思えないくらい大人びて見える。

ギャル男からだいぶ落ち着いたヤマトは、どう見ても下っ端のホストにしか見えない。

お姉系でちょっと派手なアヤは、美嘉以上にホステスみたいで親近感がわく。

……イズミがスーツ着たら絶対似合うだろうな～。

イズミがここにいない事を少しだけ寂しく思いながら、会場に入った。

指定の席におとなしく座っていると、隣の席からはきつい香水の香りが風とともに運ばれてきた。

横には、激しいギャルが座っている。

髪は金髪と言うよりシルバーで、ピンクの大きな花を髪につけている。

顔は茶色く焼けていて、目のまわりは真っ黒。

唇を白く塗っていて、キラキラとしたつけ爪が光り輝いていた。

この表現でどれくらいのギャルなのか、果たして伝わっただろうか……。

これは見て見ぬフリに限る。

何年か前に雑誌でよく見た事あるけど、まさかこんな身近にいるとは。

その時、美嘉の携帯電話がポケットで震えた。

着信：イズミ
イズミからの電話だ。出たいけどもうすぐ式が始まってしまう。

後でかけ直そうと思い、携帯電話をポケットにしまおうとしたその時……。

「あ～！　それウタと同じ機種ぢゃねぇ～!?」

隣に座っていた激しいギャルが想像通りの話し方で、美嘉の携帯電話を長い爪で指差している。そして自分のポケットからストラップが大量についた携帯電話を取り出し、美嘉の携帯電話の横に並べた。

「ほらぁ～やっぱりぃ!!!!　同じ機種ぢゃ～ん♪　仲間仲間ぁ～!!!!」

一人盛り上がるギャルに、愛想笑いをする美嘉。

「ぢゃあ～同じ機種ってことでぇ～ダチになんない～??????　名前はぁ～？　あたしウタ♪　変わった名前でしょ!?　ポエムの詩って書いてウタだからぁ～！　そっちはぁ？」

なんとなく悪い子ではないような気がした。

見た目は違えど自分と同じようなオーラを持っている……そんな気がする。

「可愛い名前だねっ!!　美嘉だよ～よろしく♪」

ウタは白い歯を出してニカッと微笑んだ。

「OK～美嘉ね～!!!!　今日からマブダチね♪　連絡先交換しよぉ～!!!!」

ウタもなんとなく美嘉に同じようなオーラを感じていたのかもしれない……と、今となっては思う。

ウタと連絡先を交換し、式が始まった。

学長の話、校歌などつまらない式は一時間くらいで終わる。

「美嘉ぁ〜、メールするからぁ!!!!　まったねぇ〜♪♪」

ウタはハスキーな声でそう叫び、どこかへ走り去ってしまった。


再びアヤと合流し、アヤの提案で大学の学食で昼食をとることにした。

向かう途中、イズミに電話をかけ直す。

♪プルルルル♪

『もしも〜し!』

電話を待ちわびていた様子のイズミ。

『もしもし？　ごめんね。入学式だったぁ〜!!』

『私こそごめん!　今から大学まで遊びに行ってもいい!?』

『いいよいいよ♪　今アヤとちょうど大学向かってるとこだし!!』

『良かったぁ〜♪　じゃあ正門で待ち合わせね!』

美嘉とアヤは小走りで待ち合わせ場所へと向かった。

正門前には、一足先に到着したイズミが立っている。

「イズミお待たせぇ〜!!」

「久しぶり〜!　スーツ着てるんだ!　入学式だもんね♪」

久しぶりに再会した三人は学食へと向かう。

学食でご飯を食べていると……突然、視界が真っ暗になった。

近くではイズミとアヤの笑い声がかすかに聞こえる。

「だ～れだ？」

その言葉でようやく状況を理解した。誰かが後ろから手で目隠ししているんだ。

この低い声は……。

「優！ 優でしょっ⁉」

目隠しする手を離し、自信満々に後ろを振り返る美嘉。

「残念～はずれで～す！」

……目隠しをしていたのはなんとケンちゃんだ。

テーブルの陰からは優が笑いながら飛び出てきた。

「だって声が優だったじゃん‼ そりゃ間違えるよ‼」

美嘉は持っていた箸で優の指を突き刺す。

「あいたたた！ 悪かった悪かった！」

学校で優とこんなふうに仲良くできるなんて……なんだか夢のようだ。

ご飯を食べ終わり、みんなはサークル会館へ向かった。

前に一度だけ見学した〝旅行サークル〟に入る予定なのだ。

大学生ではないイズミも、一緒に旅行サークルに入る事になった。

「失礼しま〜す!!」

前に一度ここに来た時はまだ制服で……緊張してなかなか部室に入れなかったっけ。

でも、もうれっきとしたK大生だもん♪

シンタロウとヤマトは早くも手続きを終えて正式なメンバーになっている。

部室に入るとミドリさんが美嘉に向かって軽く頭を下げた。

ミドリさんは、前に部室に連れてきてもらった時に連絡先を交換して、優に好意を持ってるという疑惑のある女の先輩だ。

美嘉は軽く頭を下げると、すぐにサークルに入る正式な手続きをし、晴れて〝旅行サークル〟の一員になった。

　家に帰り今日一日の疲れからか、スーツも脱がないままベッドへダイブしたその時、ポケットで携帯電話が震えた。

メール受信：ミドリさん
いったんベッドに横になった体を起こし、受信BOXを開く。

《入学おめでと(^^)》

あまりに普通の内容に、再びベッドに倒れ込んだ。
送信：ミドリさん
《ありがとうございまぁす(^^)》
ミドリさんからのメールが途切れる気配はない。
受信：ミドリさん
《美嘉ちゃん優とはうまくいってるの？》
こんな時、なんて返したらいいのかな？　《ラブラブです♪》って返したらイヤミっぽいし、《うまくいってません……》なんて送ったらチャンスだと思われるかもしれない。
送信：ミドリさん
《まぁまぁです(^^)》
考えるのが面倒になりあいまいな言葉で返事をする。
受信：ミドリさん
《私は今好きな人がいるんだよね（0_0)》
送信：ミドリさん
《そうですか（*_*)》
好きな人ってきっと優だよね。

そんな嫌な予感をなんとなく察しながら、そっけなく返す事にした。

受信：ミドリさん

《私ね、ケンが好きなんだぁ。。。》

……は？　ケン⁇

「ケケケケケンちゃん⁉」

美嘉は勢いよく起き上がり、一人なのに大声をあげた。

ケンちゃんってアヤの彼氏のケンちゃんだよね⁇

たまに無神経で、カラオケではいつもミスチルを熱唱する、

……あのケンちゃん⁉

ミドリさんの好きな人は優じゃなくてケンちゃんだったんだ。

送信：ミドリさん

《いつから好きなんですか⁉⁉》

返事が待ち遠しい。……早く‼　早く来いっ‼

受信：ミドリさん

《実はアヤちゃんとケンが付き合う前に、私ケンと付き合ってたんだ。でもケンカ別れしちゃって……別れてからもずっと好きなんだよね(;_;)》

……ミドリさんとケンちゃんが付き合ってた⁇

美嘉は高校の頃の自分を思い出していた。

ヒロと別れてヒロに新しい彼女が出来て、それをずっと見てきた。

つらくて苦しくて、悲しくてどうしようもなかった。

美嘉はそれに勝てなくて、だからヒロをあきらめようと決心した。

ミドリさんはどうしてそこまでケンちゃんを好きでいられるのかな??

そんな事を思いながら返信することなく眠りについた。


翌日、履修する授業も決まり、大学生活が始まった。

ミドリさんにはあれから結局メールを返さなかった。

授業を終え、アヤと食堂で昼食を食べていたその時……。

「あれっ!!　美嘉ぢゃん!?　今昼食????　一緒に食べていい!?」

このハスキーな声は……ウタだ。

ウタは今日も激しくギャルで、髪や化粧は入学式のまま、胸元が開いたセーターに、パンツが見えそうなくらい短いスカートをはいている。

アヤはそんなウタを見て、口を開いたまま言葉を失っている。

「あ、いいよっ!!　一緒に食べよう♪」

美嘉がそう答えるとウタは机にカバンを置き、うれしそうにご飯を注文しに行ってしまった。

「今の子……誰なの⁉」

引きつった表情で美嘉の腕をつかみ耳元でつぶやくアヤ。

「あ、あぁ……入学式の時に仲良くなった子!!」

「お待たせぇ!!!!!! いっただっきまぁ〜す!! って感じ!!」

突然現れたウタはイスに座ると、もくもくとカレーライスを食べ始めた。

子供みたいにスプーンをグーで握り、おいしそうに食べている。

「ねぇ〜その子、美嘉のダチっ子〜⁉⁇」

カレーをめいっぱい頬張りながらアヤをじっと見つめるウタ。

「あ……うん!! 高校からの友達のアヤだよん♪」

「アヤ〜!!!! よろしくだっちゃぁ♪♪」

ウタは空いてるほうの手をアヤに差し出し、二人は握手を交わした。

「よ……よろしくぅ」

いつもテンションの高いアヤも、ウタには圧倒されている。

「ねーねー美嘉とアヤはぁ〜サークルとか入る予定ありありぃ⁉⁉」

「もうサークル入ってるよっ。旅行サークル!!」

ウタは喉を詰まらせたのか激しくせき込み、胸をドンドンとたたいた。

「旅行サークル⁉　何それぇ～⁉　ウタも行きたい！」

アヤの様子をうかがうと小さくうなずいている。それはＯＫのサインでもあった。

「うんいいよぉ‼　じゃあこれから一緒に部室行く⁇」

「ぜひお願いしますって感ぢぃ～‼‼」


ご飯を食べ終わったウタを連れ、三人はサークルの部室へ向かった。

部室には優とシンタロウがいる。

美嘉はウタの手を引き、部室へと引っ張り込んだ。

「この子も旅行サークルに入りたいんだって‼」

「どぉもぉ～ウタでぇっす♪　ポエムの〝詩〟と書いてウタって言いまぁ～す‼　よろしくなりぃ♪♪」

シンタロウやそのほかの部員はア然とし、部室は沈黙に包まれる。

そんな中、優が突然プッとふき出した。

「おもろい子が入ってきたなぁ！　楽しくなりそうやん。この紙に名前と学部書いてもらってええか？」

ウタは紙に名前と学部を書き、顔をくしゃくしゃにして笑った。

「いんやぁ～ここのサークルイケメン多いだっちゃねぇぇぇ♪♪」

「この人はダメだも〜ん!! 美嘉のダーリンですから♪」

優と腕を組み、自慢げな顔をする美嘉。

なんとなく……ウタにだったらこんな冗談も通じる気がしたんだ。

その予想は大当たり。

ウタは美嘉の頭を両手のげんこつでぐりぐりした。

「くっそ〜!!!!!! マジかよぉ!!!! 超ガッカリぃ〜。でもいいのだぁ♪」

そしてウタは頬をほんのり赤らめて左手を前に差し出した。

ウタの左手の薬指にはキラリと光るシルバーの指輪。

「ウタには大好きなダーリンがいるのです♪♪」

そう言ってとても幸せそうな顔で笑った。


しかしそれからウタはあんまり学校には来なくなった。

理由はわからないけど、学校に来るのが面倒でサボってるのかもしれない。

それか彼氏とのデートで忙しいのかな。

ウタの彼氏は五つ上で二十三歳の普通のサラリーマンらしい。

プリクラを見せてもらったけど……意外にもまじめそうな人だった。

ウタがたまに学校に来ると、その時は一緒に学食を食べたり部室に行ったりした。

アヤとウタも仲良くなって二人で遊んだりもしてるらしい。


大学に入学して一カ月がたった頃……。

《寝坊したから今日学校サボるわぁ♪》

授業中にアヤから届いたメール。

美嘉はコンビニでアルバイト情報誌を買って学食で一人で読んでいた、その時。

「よ～美嘉。ここに座っていい？」

後ろから声をかけられ、ゆっくり振り返る。

「あっ、ケンちゃん!!　どうぞどうぞ～!!」

ケンちゃんはいつも優と一緒にいる印象があるから一人でいるのは珍しい。

ケンちゃんは美嘉の正面の席に腰を下ろした。

「バイト探してんの？」

「バイトしないと家賃やばいんだぁ～……」


気まずい間。

美嘉はアルバイト情報誌を見ながら必死で話題を考えていた。

……そうだっ!!　なかなか二人で話す機会がないから、二人の時にしか聞けない事を聞けばいいんじゃない??

我ながらなんてナイスなアイディア!!

「あのぉ……」

携帯電話をいじるケンちゃんにさりげなく話を切り出す。

「ん？　どうした？」

ケンちゃんは携帯電話をポケットにしまい、身を乗り出した。

「優って……過去にどんな恋愛してきたの⁇」

優は過去の恋愛についてあまり話してくれない。美嘉もあえて聞かないようにしている。

なんとなく聞いてはいけないような気がしたから。

どんな人と付き合ってたのかな～とか、昔の彼女、可愛かったのかな～……とか、やっぱり気になるじゃん。

好きな人のすべてを知りたいって思うのは、当たり前だよね。

ケンちゃんは少し悩んだ様子で、目線を地面へと移動した。

「いやぁ～……俺わからねぇなぁ……」

声が裏返っている。明らかに何かを隠している証拠だ。

〝優は過去にどんな恋愛してきたの⁇〟

優の過去の恋愛なんて、最初は軽い気持ちで聞いただけ。

今日ケンちゃんと二人で話す機会がなかったら、おそらくずっと聞く事はなかっただろう。

でも今は違う。

ケンちゃんのあせりようを見てどうしても知りたくなった。

「絶対言わないから、教えて!!」

興奮して両手をテーブルにたたきつけて立ち上がる美嘉。

「でもなぁ……」

「お願いします!!　ケン様この通り!!」

美嘉は両手を合わせて頭を下げる。果たしてこの熱意は伝わるのか……。

「わ……わかったから座って。その代わり、優には言うなよ？」

美嘉はその言葉に腰を降ろし、声を出さずに何度もうなずいた。

ケンちゃんは辺りをキョロキョロと見渡し、人がいない事を確認すると、カバンに入ってるペットボトルのジュースを一口飲んで話し始めた。

「あいつ大学に入学したばっかりの時、バイト先の六つ上の女と付き合ってたんだよね」

「えっ!!　六つ上??　マジ!?」

「そう。優が十九歳で女が二十五歳だった。しかもその女は結婚もしてて三歳の子供もいた。優もそれ知ってて付き合ってたんだ」

「……じゃあ不倫してたってこと⁇」

「まぁ世間一般ではそう言うよな。でもその女もダンナより優の方が好きだったみたい。俺もよくその女の相談乗っててたし……なんかダンナがすごい酒乱だったたって」

非現実的な話。ドラマでしか聞いた事のない言葉が並べられている。

「そ……それで⁇」

「その女の子供も優にすげぇなついてたんだ。それである日、優が女と会ってる時に、女の携帯に警察から電話来たんだって〝ダンナが酒飲んで駅で暴れてたから保護してる〟って」

「うん……」

「それで女が警察に行こうとした時、優は〝行くな〟って言って引き止めたんだって。そしたら女は行かなかったらしいんだ」

返事が見つからずにケンちゃんの言葉をひたすら待っている。

「それが原因で、その女はダンナと離婚する事になって、優になついてた子供も〝おまえのせいでお父さんとお母さんが別れたんだ〟ってすごい泣いたらしくて……そんでそのまま別れたって俺は聞いた」

ショックなのか、悲しいのか。

よくわからないけどあまりの衝撃に息をする事さえ忘れていた。

「あいつはなんであの時……女の携帯に警察から電話来た時、〝行くな〟って引き止めたんだろうってすごい後悔してんだ。好きな人の幸せのために背中押してやれなかったってかなり悔やんでた」

優のした事は間違ってないよ。

好きな人がほかの人の所へ行こうとしてるんだもん。

行かないでって思うのが当たり前じゃん。

だってもし美嘉が女の人の立場なら〝行くな〟って言ってほしいよ⁇

どこにも行くな……って、そう言ってほしい。

そしたらきっと、どこにも行かない。

前にイズミが「どんな人がタイプ？」って優に聞いた時「年下。でも付き合った人は年上！」って答えた時あったよね。

あの時、一瞬、寂しそうな顔をした理由が……今わかった。

優の親も離婚して傷ついたから……自分のせいで離婚して子供が泣いてる姿を見た時は、きっとつらかっただろうね。

もしかして保育士になりたいって言ってたのは、自分のせいで好きな人の子供傷つけちゃったからなの⁇

美嘉は一点を見つめたまま、放心状態になっていた。

「……嘉〜美嘉〜？」

ケンちゃんに呼ばれる声で意識を取り戻す。

「……あ、ごめん！　そっかそっか〜そんな事があったんだぁ!!」

落ち込んでるのを知られたくなくて、わざと明るく振る舞った。

ケンちゃんがそれに気づいたか気づいてないかはわからないが、再びペットボトルのジュースを飲みながら話し始めた。

「でもさ、優は美嘉に出会ってからマジで楽しそうだよ。だから俺は安心してるし、これからも優をよろしくな！」

そう言い残して、その場から去っていくケンちゃん。

美嘉は情報誌を握りしめ、走って家に帰った。


♪ピンポーン♪

外が暗くなり始めた頃、家のチャイムが鳴った。

「は〜い……あっ、優!!　どうしたの??」

「なんか、突然会いたくなって来てもうたわぁ！」

「あはは、そっかぁ。あがってあがって!!」

悩んでいる事がバレてしまわないよう、いつも通りに接する。

「美嘉どないしたん？　なんかあったか？」

……まったく、優には隠し事できないなぁ。でも優の過去で悩んでるなんて……言えない。

「ん〜ん、バイト何しようか悩んでただけぇ!!」

「ならええけどな！」

しばらくして疲れていたのか、優は美嘉のひざの上ですやすやと気持ち良さそうに寝てしまった。

ひざの上で子供のような顔をして眠っている優。なんだか微笑ましい光景。

ほっぺを指先でつんつんと突いてみた。

優……。ケンちゃんに、優には言わないって約束したから、直接聞いたりはしないけど、どうして何も話してくれないの??

美嘉じゃ頼りにならないかなぁ??

美嘉は今までたくさんの事を優に話してきたのに……優は何も話してくれないんだね。

強がりなのはどっちだよっ!!

いつも笑ってるけど、本当はつらい時もあった??

過去についた傷が今も痛んで、頼る人がいなくて、一人で泣いた夜もあったんじゃな

いの⁇

そんな時、美嘉に電話かけようと受話器握った日は何回あったの⁇

ずっとずっと、一人で抱えてるのは……優じゃん。

優の心に負った深い深い傷をきれいに治してあげる力は、美嘉にはまだないかもしれない。

だけど、ちょっとくらい忘れさせる事ぐらいならできるから……。

ねぇ、そうだよね？　もっと頼ってよ……優。

優が今まで抱えてきたつらさに気づいてあげられなかった自分のふがいなさと、優が負った傷の深さを考えると、涙があふれ出た。

その涙は頬を伝わり、優のほっぺにポツンと落ちる。

急いで涙をふいたが、優はほっぺに落ちた美嘉の涙に気がつき、横になったまま美嘉のまぶたを指でなぞった。

「美嘉、泣いとるん？」

「泣いてないよ」

泣いてるよ!!　優のせいだよ。

つらさを隠して……相談してくれないことが悲しいの。

優は体を起こし、服のそでで美嘉の涙をごしごしとふき取った。

「泣いとるやん。美嘉の強がり」

強がり……それ自分の事じゃん。

「……どっちがだよ」

美嘉は優に強く抱きつき、体をポカポカとたたいた。

「優の……優のバカァ!! バカバカバカバカ!!」

何も気づかなかった自分へのいらだちや、何も話してくれない優への怒り。

優が背負った傷の悲しみや、優が美嘉のそばにいてくれてる安心感。

いろんな気持ちが交ざり合い、複雑な涙だった。

優は何も聞かず、ただずっと泣いている美嘉をやさしく抱き寄せ、涙をふいてくれた。

青春の意味

夏の気配も近づく六月下旬。
もうすぐ大好きな海開きの季節がやってくる。
美嘉がいつものように授業を受けていると、携帯電話が震えた。
♪ブーブーブー♪
受信：ウタ
《美嘉チン、今日ヒマっ子だったりするぅ⁉　あーそぼぉ》
……ったくウタは授業サボりすぎ‼
送信：ウタ
《いいよ～ん♪》
ウタからの返信は早い。送って一分以内には必ず返事が来る。
受信：ウタ
《ヤッピ～♪　美嘉ちんぁりがとぉ（・ω・）チュ♪　ぢゃ五時に正門前に集合なりぃ～‼‼》

最後の授業が終わり、アヤに別れを告げ、美嘉は正門へと向かった。

「美嘉ぁ〜!!!!!!　おひさだっちゃぁ〜♪」

ウタはキティちゃんの着ぐるみ姿で正門前に立っている。

「着ぐるみめっちゃ可愛い〜♪　ウタ超似合うしっ!!」

「わ〜いわ〜い♪　可愛いって言われちったぁ〜!!!!　キャハ!!」

ウタはぴょんぴょん跳びはねると、美嘉に向かって大きな袋を差し出した。

中をのぞくと、くまのプーさんの着ぐるみが入っている。

「それね〜美嘉が着るやつ〜♪今日は二人で着ぐるみデートしようぢゃん!!」

ウタは八重歯を出してニッと笑った。

ゲッ!!　マジ？　着ぐるみなんて恥ずかしいよ。

……なーんてのは嘘!!　美嘉はノリノリでトイレで着替えた。

実はこーゆーの大好きだったりして♪

「あ〜美嘉似合う似合う〜!!!!　本物のプーたん見たい〜♪♪」

着ぐるみ姿の美嘉を見てウタがケタケタと笑う。

「あ〜それひどくない!?　チビで体丸いってこと〜!?」

「嘘〜の反対の反対の反対の反対の反対〜!!!!!!」

その格好のまま二人はカラオケへと向かった。周りの視線を痛いほど感じる。

でもなんだか新しい世界を知ったみたいで楽しい!!

ウタがいなかったらきっとこんな思い切った事できなかった。

途中ゲームセンターに寄り、プリクラを撮る事になった。

プリクラ機の中にいると、いきなり乱入してきたのは三人の男。

「ねーねー二人で何してんのぉ〜?」

「実はさっきからあとつけてたんだよね♪」

「着ぐるみ似合うじゃん。良かったら遊ばない?」

ロン毛でスウェットを着た、いかにも軽そうな三人組。

男をにらみつけながら断る方法を考えていると、ウタが先に口を開いた。

「ちょっとぉ!!!! 今二人でデート中なんだから邪魔すんなよ!! うちら、男いっから〜♪ あんたらよりイケメンだしぃ〜ね、美嘉ァ♪」

突然話をふられ、しどろもどろに答える美嘉。

「そ……そうだよ!! うちら彼氏オンリーだしっ!!」

男達はぶつぶつ文句を言いながら、去っていった。

「あ〜良かった!!!!!! 何あいつらぁ〜!! プンプンって感ぢ。うちらのデート邪魔しやがってぇ!!」

美嘉はウタを尊敬のまなざしで見ていた。

美嘉はあとさきの事を気にして、言いたい事が言えなかったりする時も多いから、言いたい事をハッキリと言えるウタがカッコ良く思える。

ギャルって勝手な想像では、性格が悪くて軽い……そんなイメージがあったんだ。

だけどそのイメージはウタに出会った事によって、みごとに壊されてしまった。

カラオケに到着し、受付を済ませ、部屋に入る。

「ドリンクどぉする〜⁉⁉……ってかもぅ大学生だしぃ〜もちろん酒以外は禁止ってやつぅ⁇⁇」

大学生と言っても、まだ十八歳だからダメじゃん……と心で突っ込みながらも気にせずにメニュー表からドリンクを選ぶ。

「美嘉はね〜カルーアミルクがいいなぁ〜‼」

「ぢゃぁウタはぁ〜ビールにしようっと♪♪」

ウタはフロントにつながる電話に手をかけた。

「つか〜‼‼　やっぱビールはいいわぁ〜♪♪　このために生きてるねぇ〜‼」

運ばれたビールとともに頼んだおつまみを食べながら、まるで十八歳の女とは思えない親父のような姿でおいしそうにビールを飲んでいるウタを、ちょっとだけうらやましく思えたりもするのだ。

「……ウタもしかして年齢詐称してない⁇」

「ぶわははは‼‼　ほらぁ〜美嘉も飲んで飲んでぇ‼‼‼」

ウタにせかされて、カルーアミルクをゴクンと飲む。

お酒が弱い美嘉はすぐに酔ってしまい……、

「イェエィイェイ〜‼　ウタ〜楽しんでるぅ〜⁇」

数分後にはイスの上に立ち上がりマイクを手離さなかった。

「バッチリチリ〜‼‼　超楽しいからぁ〜♪」

ウタも少し酔っているみたいだ。

まぁ、ウタは酔っても酔わなくてもテンションは高いけどね。

さんざん、暴れるだけ暴れて、声も出しすぎて枯れ始めた頃……酔いもだんだんとさめて、今度は激しい頭痛に襲われ、美嘉はイスにもたれかかった。

「美っ嘉ぁ〜‼⁉⁇　大丈夫⁇　ウタ心配だっちゃぁ〜……‼‼」

ウタの声でさえ頭に響く。

ウタは確実に美嘉より飲んでるのに、なぜこんなに元気なんだろう……。

自分のお酒の弱さを改めて実感させられる。

「う〜ん、大丈夫だと思うような思わないような……」

残っている力を振り絞り返事をすると、ウタは一度部屋から出ていき、そしてすぐに戻ってきて美嘉の頭にひんやりと濡れたハンカチを置いた。

「ハンカチ濡らしてきたなりぃぃ～♪ トイレの水道水だけど、かんべんしてくりぃ～!!」

「ぷはっ……トイレ!? でも気持ちいい!! サンキュウです♪」

冷たいハンカチが頭の熱を吸い取り、頭痛がやわらいでゆく。

……ウタの優しさが治してくれたんだ。

ウタはおつまみを口に頰ばりながら話し始めた。

「ってゆうかぁ～、実は美嘉っちに話があるのだぁ～!!!!!!」

「えっ、かしこまった話??」

「そーそー!!!!!! 今、話しても大丈夫なりかぁ!?!?」

「……大丈夫だけど!!」

ウタはまだ少し残っていた美嘉のカルーアミルクを飲み干し、「プハァ～」と息を吐いて話し続けた。

「美嘉はぁ～アヤっちと親友なのですか!!?!?!??」

「う～ん。親友……かなっ!! なんだかんだでもう三年以上の付き合いだしねっ!!」

「そっかぁぁぁ。それならやっぱり～話あるのだ!!!!」

ウタがもったいぶるので、なんだか早く先を聞きたくなってしまう。

人間じらされると、どうしても知りたくなるものだ。

「何⁉ 何⁉ ねぇ、何なの⁉」

寝ていた体を起こすと頭に乗せていたハンカチが床に落ちた。

いきなり起き上がったために、再び頭がズキーンと痛み始める。

ウタは自分の頭についていたピンクの花の髪飾りをいじっている。

「アヤっちねぇ〜、美嘉と優先輩を別れさせたがってるっぽいのだぁ〜!!!!!! まぁこれは想像なんだけどぉ!!!!」

理解するのに、しばらくの時間が必要だ。

「……ええ⁉」

「ぶっちゃけねぇ〜アヤとウタが二人で部室に行く時とかぁ〜、アヤ、優さんにベタベタしたりしてるの!!!!!!」

アヤが優にベタベタしてる⁇

確かに一回だけ遠くに見た事がある。アヤが優の腕を組んでいる……そんな姿。

「でっ、でもアヤにはケンちゃんいるじゃん⁉」

頭痛などすっかり忘れ、落ちたハンカチを拾いながら反論する。

「それがねぇ〜。アヤとケン先輩、うまくいってないらしいよぉ〜!!!!!!!!!!」

その時、なぜかミドリさんの顔が頭に浮かんだ。

ウタは美嘉に顔を近づけ、再び話を続ける。

「アヤが美嘉と優先輩を別れさせようとしてる理由はよくわからないんだけどねぇ!!!!

……。美嘉はなんかそんな雰囲気感じた事ないのぉ!?!?!?」

そう言えば……受験の前日アヤと優が一緒にお守り買いに行ったんだよね。

アヤが大学で優を待ってて、ヤキモチ焼かせたら好きな気持ちが深まるとかそんな事を優に言ったんだっけ。

あの時から美嘉と優を別れさせるつもりだったの??

……でも、なんのために??

「なんかよくわからない……」

「そっかぁぁぁ!!!! でも美嘉と優さんが好き合ってるならなぁ～んも問題なしって感ぢだぁよね!!!! アヤっちが何考えてんのかわからないけどぉ～。ウタ、人の恋邪魔する奴はマジかんべんだし～!!!!!!」

確かに美嘉と優が別れなければそれで問題ないけど……。

アヤだって、美嘉と優を別れさせたいなんて本気では思ってないよね。

一緒にお守り買いに行った時だって、本当に偶然会っただけかもしれないし。

美嘉にヤキモチ焼かせようとしたのも本当に好きって気持ちを深めようとしてくれただけかもしれない……。

まぁ、これ以上考えてもしょうがない。

「ま、いいや!! ウタちゃ〜ん♪ ウタちゃんは彼氏とどうなの!?」

ウタは近くにあったマイクを手に取り、マイクのスイッチを入れる。

「それ聞いちゃうぅ!?!? ウタとダーリンの事聞いちゃう!?!?」

話したがっているのが見え見えだ。

「うん、教えてよっ♪ 詳しく、すべてを!!」

わざとらしく耳に手を当てるとウタは立ち上がり、マイクを使って叫んだ。

「ウタはダーリン大好きだっちゃ〜!!!! 絶対結婚するんだぁ〜♪♪ 大大大大大好きなのだ〜!」

すごく幸せそうに話すウタの姿を、美嘉は微笑みながら見ていた。

そして改めて思う。

〝恋してる女の子は輝いている〟と……。

季節は夏まっさかりの八月。

目が痛くなるほどの強い日差しに、店頭に並ぶみずみずしいスイカ。

公園で遊ぶ楽しそうな子供達。服装も半そでへと変わる。

今年も大好きな夏が来た!!

大学の夏休みはとても長く、二カ月はある。
夏休みの間、旅行サークルのメンバーで海へキャンプに行く計画を立てていた。

——八月十六日。キャンプ前日。
期待に胸を膨らませながらカバンに水着や着替えを詰め、明日が晴れるよう、美嘉はティッシュで、てるてる坊主を作っていた。
充電していた携帯電話を手に取るとメールが届いている。
受信：ミドリさん
《明日のキャンプ楽しみだねぇ(^^)》
前にケンちゃんについてのメールをしてた時、返信しなかったからちょっと気まずい。
送信：ミドリさん
《晴れたらいいですねっ》
受信：ミドリさん
《私ね、やっぱりケンの事好きなんだ。。。》
なるべくケンちゃんの話は避けたかった。
しかしここで返事しないなんて美嘉はそこまで薄情な人間にはなれない。
送信：ミドリさん

《そうですか……恋はつらいですよねぇ（；＞；）》

この返事、適当な気持ちで送ったわけじゃない。ミドリさんの気持ちは痛いほどよくわかる。元カレを想う気持ちは……。

受信：ミドリさん

《でもケンにはアヤちゃんっていう可愛い彼女がいるし……私はもうムリだと思う。だけど最後に好きだった気持ちだけは伝えたいんだ。伝えてもいいと思う？》

ミドリさんが美嘉に何て言ってほしいのか、だいたいわかる。

もし美嘉がミドリさんの立場なら、なんて言ってほしい??

ヒロにフラれてヒロに新しい彼女が出来て、それでもまだ好きで……。

気持ち伝えていいのかを悩んだ時、なんて言ってほしいかな……??

送信：ミドリさん

《自分の気持ちに素直になった方がいいと思います(＞_＜)　伝えないで後悔するよりは、ちゃんと伝えて後悔した方がいいと思います(＞_＜)》

きっと、立ち向かう勇気が欲しかったんだよね。

受信：ミドリさん

《勇気でたぁ！　美嘉ちゃんありがとうね☆★》

美嘉は怖くて、大好きな人に気持ちを伝えないまま逃げた。

想いが伝わらなくても、伝える事に意味があるんだよね。

それで気持ちが救われて楽になるのなら、いいと思うんだけどなぁ。

でもきっと自分の事じゃないから言えるんであって、もし優の元カノが優に気持ちを伝えると思ったらちょっと嫌だな。

優の事信じてるけど……やっぱり不安になるよ。

美嘉は間違ってたのかな。

友達の彼氏に告白していいかって相談されたら、それはやめてくださいって言うのが正しかった⁇

てるてる坊主を作りながらいろいろ考えていたら、布団にも入らずソファーの上で寝てしまっていた。


――八月十七日。キャンプ当日。

「おはよ～さん、ほんま寝ぼすけやな？　大遅刻やで！」

家の前には待ちくたびれた優が立っている。

「ごめんごめん!!　今日晴れて良かったね!!」

美嘉はあわてて助手席に乗り込んだ。

クーラーが、がんがんきいている車内は寒いくらいだ。

小刻みに震えていると、優は美嘉の肩に自分の着ていた上着をかけた。

「大丈夫だよっ⁇ 外出たら熱いし‼」

「いいから着ておきぃ」

「大丈夫なのに〜。ぶーぶー」

「アホ、気づけや！ ほかの男に肌見られるのが嫌やねん」

……もしかして美嘉がキャミソール着てるから心配してるの⁇

美嘉はまだぬくもりが残っている優のシャツにそでを通し、少し長くて余ったそでの残り香に顔を埋めて、込み上げる笑みをこらえた。

車はサークルのメンバーと待ち合わせしている大学前に到着。

メンバーは美嘉・アヤ・イズミ・ウタ・ミドリさん・優・ケンちゃん・ヤマト・シンタロウを含めた十六人だ。

二時間かけてキャンプ場に到着し、車を降りると、ミドリさんが笑いながら手を振ってきたので、美嘉はアヤがこっちを見ていないか確認しながら、ミドリさんに手を振り返した。

「ね～ね～意外と広くない!?⁇　なんか超わくわくするんだけどぉ♪　……痛っ!!!!」

完成したテントの中でウタは興奮気味に立ち上がり、頭をぶつけた。

「あっ、ウタのバカぁ!!　テント壊れたらどうすんの!!」

「あははぁ!!!!!!　ごめんちゃ～い♪♪」

わざと怒ったように言う美嘉に対し、ペロッと舌を出し、まったく反省してない様子のウタ。

「ね～早く海行こお♪　水着に着替えてさぁ！」

「「大賛成～!!」」

アヤの提案にみんなは声をそろえ、それぞれが水着に着替え始めた。

「みんなスタイル良すぎ!!　美嘉なんてこんなにやばいしっ!!」

美嘉はそう言っておなかの肉をむにっとつかんでみせる。

「い～やっ!!!!!!　ウタのほうがすごぃよ♪　ほらほらぁ!!!!」

ウタが対抗してさらに強くおなかの肉をつかむ。

テントの中には四人の大きな笑い声が響いた。

着替え終えたみんなは走って海へと飛び込んだ。

水しぶきが太陽に当たり、じりじりした肌に心地良く染みる。

……あれ⁇　そう言えば優がいない。

寂しい気持ちで水平線を見ていたその時、ひやっとした何かが体全体を覆った。

……浮輪だ。

この見覚えのあるハイビスカス柄の浮輪は、キャンプの数日前に優が買ってくれたやつだ。

後ろを振り向くと、光に照らされまぶしい優が笑っている。

「俺がいなくて寂しかったん？」

「別に〜寂しくなんかないよっ‼」

バタ足をして優に勢いよく水をかけると、優は浮輪をくるくると回し始めた。

「寂しかったからいじけとるんやろ？　素直にならんとこうするで！」

「ギャ────‼　目回るっ‼　許してぇ〜‼」

いつの間にか足がつかないくらい深い所まで来てしまっていた。

優は美嘉と同じ目線の高さまで体を下ろし、浮輪を回す手を止めた。

「あ〜暑い暑い！　今日は暑いなぁ〜熱々だわ♪　わははは」

わざとらしく大声で冷やかすヤマト。

優はヤマトの方を見ながら、美嘉にこっそりと耳打ちした。

「あいつさ〜協力して水責めにせん？　冷やかした罰や！」

美嘉は大きくうなずき、ヤマトに向かって激しく水しぶきをかける。

「うわ〜っぷ、しょっぺぇ！ 鼻に入った〜ちくしょ〜め！」

美嘉に続けてヤマトに水をかける優。

「みんなでビーチバレーしよ〜ぉ！」

ミドリさんが砂浜でビーチボールを持って叫んでいる。

海から上がろうとした時、アヤが美嘉の浮輪をつかんで引き止めた。

「ねぇ〜これが〝青春〟ってやつなのかなぁ⁉」

満面の笑みを浮かべるアヤ。その笑顔は……まぶしい。

「うん‼ 絶対そうだよ‼ これが〝青春〟だね‼」

美嘉もとびきりの笑顔で答えた。

〝青春〟

年が若く元気な時代。辞書にはこう書かれてある。

年が若くて元気なら全部が青春なのか⁇

じゃあ、若くて元気で毎日勉強ばっかりして何も楽しい事がなくて……それも青春でしたって言えるのかな⁇

美嘉が思うにその時が楽しくて、いつか将来を思い出した時「あの頃は楽しかったなぁ〜」ってそう思えるのが〝青春〟なんじゃないかなぁ。

もし何年後かに今日を思い出した時、美嘉は迷わず言えるよ……〝あの頃は～青春時代だった〟ってね!!

しばらくみんなでビーチバレーをやり、その後バーベキューの準備にとりかかった。

日焼けした肌がひりひりしている。

偶然、運良く夕日が沈んでいく瞬間に立ちあった。

肉や野菜を焼いているせいで煙がもくもくと出ている。

その煙がとてつもなく目に染みて……。

夕日のせいか煙のせいかはわからないけど胸の奥に何か熱いものが込み上げて、美嘉は涙が出そうなのをこらえた。

バーベキューをおなかいっぱい堪能《たんのう》し、暗くなってきたところでケンちゃんと優が車のトランクから大量の花火を取り出す。

みんなはその花火に群がり、ライターで火をつけ花火を始めた。

「ねーねー美嘉ぁ!!!!!!　競争しないっ!?!?　どっちが、線香花火長くもつかぁ!!!!!!　先に落ちたほうが負けぇ～!!!!!!!!」

ウタが二本の線香花火を差し出してきた。

「うん、ＯＫ♪　楽しそう!!」

「ぢゃあ〜勝った方が、これからも彼氏とラブラブでいられるって事ねぇ〜!!!!!!」

「いいよっ。絶対負けないよ〜♪」

「ウタも負けないも〜ん!!!!!!!!」

二人で花火をくっつけ、同時にライターで火をつける。

パチパチと光る線香花火。

すぐ近くでは優達が花火を振り回して騒いでいるのに、線香花火をやってる空間だけはなぜか静かだ。

──パチパチ、パチパチ──

落ち着き癒される時間。

ウタの持っている線香花火の火は次第に弱まり、丸い火の玉がポトンと小さな音をたてて砂の上に落ちた。

「あ〜ぁ〜!!!!!!　ウタの負けだぁぁぁぁ!!」

下を向いて大げさに落ち込むウタ。

「やったぁやったぁ♪　美嘉の勝ちぃ!!」

ウタは美嘉に向かって舌を出しながら空を見上げた。美嘉もつられて空を見上げる。

またたく星……夏の星座が見える。

いつもなら家や店の光でぼんやりしか見えないけれど、ここは……海は光が少ないから星がはっきり見える。

ウタは手を伸ばして星を取るそぶりをしながら寂しげにポツリとつぶやいた。

「やっぱりウタの負けだよねぇ……そうだよねぇ」

ウタの言葉の意味をこの時は理解できなかった。

ただ、ウタに初めて会った時と同じ、自分と似たようなオーラを感じた。

その時ケンちゃんが二人の元に歩いてきた。

「アヤどこにいるか知らない？」

そう言えばバーベキューを食べたあと、寒いから上着取りに行ってくるってテントに戻ったまま帰ってきていない。

「美嘉ちょっとテント見てくるねっ!!」

「いってらっしゃ〜い!!!!」

さっきの寂しげなウタはもういなく、いつもの元気なウタに戻っていた。

物音がなく静まり返っているテント内。美嘉は近づきそっと入口のチャックを開けた。

アヤは中で座り、こちらに背を向けている。手の動きから携帯電話をいじっているようだ。

「アーヤっ!! ケンちゃん心配してたよん♪」

テントの中に入り、背を向けているアヤをのぞき込んだ時、やっと気づいた。

アヤがいじっているのは、美嘉の携帯電話だ。

とっさに思い出したのは、昨日ミドリさんと送り合ったメール。

アヤは突然立ち上がると、美嘉の顔に強く携帯電話を投げつけた。

口を開けたまま呆然とアヤの姿を見つめる美嘉。

アヤは美嘉を見下ろし、声を荒げた。

「美嘉、最低だよ！」

「ミドリさんがケンちゃんの事好きなの知ってて協力してたんでしょ⁉　あたしとケンちゃんが早く別れればいいってずっと陰で笑ってたんでしょ⁉」

アヤはそう言うと、勢いよくテントを飛び出した。

投げつけられた携帯電話が当たったほっぺが、ひりひりと痛んでいる。

美嘉はね、アヤとケンちゃんがこれから先もうまくいけばいいと思ってる。

別れてほしいなんて一回も思った事なんかないよ。

でもね、ミドリさんの気持ちもわかるんだ。

気持ちを伝えてあきらめたいって気持ちも……よくわかる。

確かにメールだけを見たら誤解されるかもしれないね。

でもケンちゃんは、絶対アヤを離したりはしないと思ったから。

……だからせめてミドリさんには、きっぱりけじめをつけてあきらめてもらいたかったの。

やっぱり美嘉は間違ってたのかな……⁇

その時、テントの外でアヤの甲高い叫び声が聞こえた。

嫌な予感がして急いでテントから飛び出て叫び声のする方へ走る。

……予想は的中した。目の前にはミドリさんの胸ぐらをつかんでいるアヤの姿。

信じがたい光景だ。

「人の彼氏、誘惑するんじゃねーよ！　ってか人の彼氏に惚《ほ》れんな！」

悲鳴に近い声で取り乱すアヤ。

周りにいたみんなは何が起こったのかわからずに呆然としている。

その時ミドリさんが美嘉を強くにらみつけた。

きっと美嘉が、アヤにミドリさんの気持ちをバラしたのだと勘違いしたのだろう。

まぁ、この状況じゃ仕方ないよね。

アヤが美嘉の携帯電話を勝手に見て……なんて言ったって信じてもらえるはずはないし、ますますややこしくなるだけ。

「あんたがいなきゃケンちゃんは……全部あんたのせいだから！」

そう言ってアヤがミドリさんに向かって手を上げた時……。

「やめろよ!」

ミドリさんの前に立ちはだかったのは、ケンちゃんだった。

「どいて! なんでそんな女かばうの!?」

しかしケンちゃんはミドリさんを守る事をやめなかった。

「アヤ……ごめんな」

アヤは一度上げた手を下ろし、どこかへ走って行ってしまった。

そしてケンちゃんは泣き出したミドリさんの肩を支え、二人もまたどこかへ消えていった。


みんながざわめく中ただ一人、美嘉だけが状況を把握していた。

……わからない。

なんでケンちゃんはミドリさんをかばったの??

なんで走っていくアヤを追いかけなかったの??

アヤが美嘉の携帯電話を勝手に見るなんて……予想もしてなかったよ。

ケンちゃんがアヤを追いかけないでミドリさんを守るなんて、こんな事になるなんて思ってなかったんだよ……。

美嘉はテントに戻り、寝袋に潜り込んだ。

イズミとウタは二人に何があったのか……などを激しく討論していたけど、聞こえないフリをした。

「美嘉、起きとる？　ちょっと出てこれへんか？」

テントの外から届いた優の声。

イズミとウタに冷やかされながらテントを出ると、優は何も言わずに手をつないだまま海の方へと歩き始めた。

真っ暗な視界に吸い込まれそうな波の音だけがリアルに響いている。

砂浜に腰を下ろすと、優は波の音に負けないくらいの大声で話し始めた。

「ケンからだいたいの事は聞いた。美嘉は悪くないから心配しなくてええよ。あいつがハッキリしなかったからこうなったんや」

つないだ手をぎゅっと握ると、優もぎゅっと握り返してくれた。

優はいつだって美嘉の味方でいてくれるね。美嘉の事ならなんでも知ってるもん。

その時、遠くにある外灯の下でうずくまってるアヤの姿が見えた。

優は立ち上がり美嘉の手をぐいっと引いて起こすと、携帯電話を投げつけられて少しはれた美嘉のほっぺを、やさしく指先でさすった。

「痛かったやろ？　赤くなっとるやん」

「大丈夫。痛くないよ⁉」

優は美嘉の頭をなでると、アヤがいる方向に目線を向けた。

「大切な友達やろ。行ったれ！」

「でも……」

「俺はここにおるから。待っといたるから」

ピースをする優。

美嘉はアヤがいる方向に駆け出した。

優は美嘉とアヤを仲直りさせるために、あの場所に連れていってくれたのかな⁇

美嘉からアヤがちょうど見える場所にわざと座ったんだ。

優はそうやって自然にきっかけを作ってくれる人。

見返りを求めるわけでもなく、ただ相手のためを思って、いろんな機会を作ってくれる……そういう人だから。

「アヤ……⁇」

うずくまったアヤに近寄り、おそるおそる声をかけると、アヤは一瞬体をビクッとさせ、そしてすぐに叫んだ。

「来ないでよ！」

あまりの迫力に、おじけづいてしまいそうだ。でも、絶対にくじけない。

「アヤ、ごめんね……」

アヤは何も答えてくれない。沈黙に耐えられず、美嘉は話し続けた。

「美嘉ね、アヤとケンちゃんを別れさせたかったわけじゃないよ⁇ ミドリさんがケンちゃんに気持ち伝えたらあきらめるって言ってたから……中途半端な事して本当ごめんね」

アヤの頭にそっと触れると、アヤはその手を強く払いのけた。

「わかってたよ……ケンちゃん……さんが……の写真……」

波の音でアヤの声が途切れ途切れにしか聞こえない。

「ごめん、もっかい言って……？」

「あたし……知ってた。ミドリさんとケンちゃんが付き合ってた事……ケンちゃんの部屋で写真見たの。ミドリさんがケンちゃんに未練あるのも知ってたし……ケンちゃんもずっとずっとミドリさんに未練あったと思う」

「ケンちゃんってミドリさんに未練あったの……⁇」

「女の勘……ってやつ？　だからケンちゃんと一緒にいてもずっと寂しかったんだ」

アヤは二人が付き合ってた事を知ってたんだ。

「そんなの全然知らなかったよ……アヤごめんね」

「なんで美嘉が謝るのぉ……あたし美嘉と優さんがずっとうらやましかったの。なんか……すっごい仲良しでさ。だから壊したくなって別れたらいいのにって思った事何回もあった……マジごめん……」

受験日前日の出来事とウタが言っていた事の理由が、今やっと判明した。

アヤは悪気があったわけじゃないんだよね⁇

ケンちゃんと一緒にいても寂しくて、だから美嘉と優に嫉妬してたんだ。

「アヤ……ケンちゃんともう一回話してみなよ‼ 好きならちゃんと話して気持ち伝えなよ‼」

両手でアヤの肩をつかみ、体を揺さぶる美嘉。

「もうダメなんだぁ……さっきフラれちゃったぁ。やっぱりケンちゃんはミドリさんが好きなんだってぇ」

美嘉は何も言えずに肩をつかんだ手を離し、ペタリと地面に座り込んだ。

アヤとケンちゃんが別れた……⁇

だってあんなに最近までラブラブだったのに……。

そーっと手を伸ばしてアヤの頭をなでてみた。

アヤはそれを受け入れ、手で涙をふきながら顔を上げて星を見つめている。

「美嘉、勝手に携帯見てごめんね。あとさっき携帯ぶつけちゃってごめん。美嘉悪くないのにね」

星を見上げたアヤの目からは、再びポロポロと涙があふれ出た。

「アヤ……つらかったね……苦しかったね……」

アヤの体を強く抱きしめると、アヤは声を出して泣き叫んだ。我慢していたものをすべて吐き出すかのように……そして少し落ち着いた頃に、寂しく笑いながらつぶやいた。

「これも〝青春〟の一ページなのかなぁ……」

アヤをテントまで送り寝袋に寝かせる。

イズミとウタは遊び疲れたのか、すでに寝てしまっている。

ウタのいびきがうるさいテントを出ていこうとすると、アヤは美嘉の手をがしっとつかみ背を向けながら言った。

「美嘉は優さんと幸せになってね。じゃないと承知しないから！」

美嘉は何も言わずに優が待つ海へと走った。


「美嘉、おかえり」

「ただいま……」

優の横に座り、そのまま砂浜に寝そべって星を見る。

頭の中で、アヤがケンちゃんと笑っている姿を思い出していた。

二人で手をつないで歩いている姿。アヤが幸せそうにケンちゃんの話をしている顔。

そんな事を考えているうちに、なぜか涙があふれてきた。

こんなにつらくてもこんなに悲しくても、これが〝青春〟だったと笑って言える日は本当に来ますか……⁉

潮風が涙を乾かし、涙で濡れた頬がひんやりとしている。

生ぬるい風が吹き抜ける夏の夜、少しだけ冷えた体に、唯一つないだ手だけが温かかった。

「恋って難しいね」

美嘉の問いかけに、「そうやな」と答える優。

「でも好きになる気持ちはみんな同じだよね」

「ほんまやな」

人はみんなそんな不安を抱えながら、それでも恋をするんだね。

それでも人を好きになっていくんだ……不思議だね。

「ここ来るか？」

優は脚の間を指差している。

ちょこちょこと脚の間に移動すると、優は後ろから美嘉の体を包むように抱きしめた。

「ここは星がきれいに見えるなぁ」

上を向く優のマネをして美嘉も上を向く。

この体勢のまま二人で星を見たのはあの時……そう、優が美嘉に告白してくれた時以来だ。

優は覚えているかな？

今見える星は、あの時よりずっとずっときれいに光り輝いているよ。

「あれがきっとなんかの星座やな」

美嘉は星を見ずに、星を指差す優の手をじっと見つめた。

この手はいつも美嘉をやさしく包んでくれて、守ってくれる。

まるで壊れものを扱うようにそっと……いつも何度も助けられてきたよ。

優の手を離さなければいけないのは、いつ、どんな瞬間ですか⁇

美嘉は大きくて温かくて……大好きな優の手に、何度もキスをした。

波の音と潮の香りの中、二人の唇がそっと重なり合う。

風が吹くたびに、優の柔らかい髪が美嘉の頬に触れ、優が近くにいてくれてるという安心感を与えてくれる。

重ね合った唇をゆっくりと離し、二人の吐息が一緒になった時、美嘉は優の体を強く抱きしめた。

なぜかとても不安で……なぜかとても愛を感じたい。

言葉なんかいらない、ただ思いのままに行動する。

「優……」

なんでだろう。なんでこんなに不安なんだろう。

優はずっと美嘉を離さないでいてくれる??

どんなにつらくても……何があっても……手を離さないでいてくれる??

初めて来た遠い地が、美嘉を大胆にしてくれたのだろうか。

自らキスをしようと美嘉は優の首に手を回したが、優はそれを拒んだ。

〝どうして拒むの??〟

そう口に出して聞くのが怖い。

さっき一つの恋の終わりを見てしまったから余計に……。

……傷つきたくないために逃げる自分、成長してないな。

長い沈黙に、胸の鼓動が体中に響き渡る。

優は美嘉の髪の毛をなでると、自分からそっとキスをした。

「今日は俺からする。この方が……美嘉が俺の女やって実感できてええねん」

風で飛んできた砂が目に入り涙でにじむ。

ちょうど真上に見える星空もぼんやりしていて……その時、ぼんやりとした視界の中に流れ星を見た。

【みんながずっとずーっと幸せでありますように……】

心の中で流れ星に願う。強く強く願う。

満天の星の下。初めての場所。二人が出会った場所。

重なった最高のシチュエーションがきっと二人の愛をさらに大きくしたんだ。

「ねぇ、優は美嘉にヤキモチ焼いた事ってある⁇」

「そりゃ～いっぱいあるで。数えきれないくらい」

「それってたとえばいつ？　どこで⁇」

「美嘉の家で卒業アルバム見たやん。あん時めっちゃ嫉妬したわ」

「えーっ‼　だって全然普通だったじゃん‼」

「普通なフリしてたんやもん。年上なのにカッコ悪いやろ？」

「そんな事ないよ‼　美嘉だけが嫉妬してるかと思った。だって美嘉は優が知らない女の人と話してるだけで悲しくなるもん」

「俺やってそうやで？　ただ大人ぶってるだけやしな」

「そっか……美嘉だけじゃなかったんだぁ……」

「美嘉。俺は離れたりせんから……絶対傷つけるような事はせんから」

心の奥に潜んでいた小さな不安が、どんどん取り除かれてゆく。そして外灯の下二人は指をからめ合い……砂浜に映る大きい影と小さい影はそっと一つに重なった。

「美嘉～朝日きれいやで！　見てみ」

気づけば水平線から昇る朝日が、二人の姿を照らしている。

美嘉は立ち上がって大きく息を吸った。

〝今日も頑張ったぞ!!〟と充実感に浸れる夕日も、〝今日も頑張るぞ!!〟と前向きになれる朝日も……どっちも同じくらい好き。

二人は手をつないでそれぞれのテントへと戻った。

翌朝、テントをたたんでいると……。

「美〜嘉、おはよぉ♪」

隣に並び、はれた目で美嘉の背中を強くたたいたのはアヤだ。

「……アヤ、おはよ」

「今日の朝ミドリさんと話したんだぁ。あ、あたしが美嘉の携帯勝手に見ちゃった事も、ちゃんと説明しておいたから！　ミドリさんとケンちゃん付き合う事になったんだって！」

「そっか……アヤはそれでいいの⁇」

「あたしはもういいの。ケンちゃんの事はあきらめる！　両想いには勝てないし、新しい恋するんだぁ♪　だから気にしなくていいからね！」

アヤが強がっているのはわかってるよ。

でも強がらないとアヤ自身が崩れちゃうから……よく頑張ったねって……つらかったねって言ってあげたいけど、アヤのプライドがあるから言わない。

アヤは強いよ。美嘉なんかよりずっとずっと強いよ。

「無理はしちゃダメだよ⁇　話ならいつでも聞くからね」

一瞬気をゆるめたのか悲しい顔をするアヤ。

でもすぐにいつもの笑顔に戻り、大きくうなずいた。

大好きな人に、ほかに大切な人が出来たとしても、もう戻れない事はわかっていても、……どこかでつながっていたいと思ってしまう。

それは本当につらくて苦しくて……だけど小さくてささいな関係でもいいからつながっていたいと思ってしまうもの。

思い通りにいかないからこそ追いかける、それが恋愛なのかもしれないね。

あっという間に過ぎた、波瀾万丈《はらんばんじょう》な旅行が終わった。

この旅行で一つの恋が終わり、そして一つの恋が始まった。

人生っていつ何が起こるのかわからない。

人の気持ちってその人自身にしかわからないんだよね。

この旅行がみんなにとって〝青春〟だったと言える日が来ますように。

今年も夏が終わった。

秋は驚くほどあっという間に通り過ぎ、今年もあの季節がやってきた。

空からちらちらと舞い落ち、手でつかめばすぐに消えてしまう白い結晶。

十二月。

冬がやってきた。

「美嘉ぁぁこっちに可愛い小物あるよぉ〜!!!!!!!!」

「マジで〜!?　今行くっ!!」

——十二月十九日。

今日はウタと街に出て、クリスマスプレゼントを買いにきた。

美嘉の胸元には、去年のクリスマスに優からもらったネックレスが相変わらず光っている。

美嘉も優に形に残る物をプレゼントしたい!!

そう思っていた時、ウタからお誘いメールが届いたのだ。

「ねー、ちょっとZippo見に行ってもいい??」

「美嘉チンZippo買うの??????　いぃよぉ〜行こっ♪♪」

プレゼントはZippoにしようと決めていたのですぐに買う事ができた。

タバコを吸う優にとってZippoは必ず使う物。

使うたびに美嘉の事を思い出してほしい……そんな理由で決めた。

黒くて中央に十字架がついたZippo。これが一番優っぽい感じがする。

日付と二人の名前を彫ってもらい、可愛く包装してもらった。

「美嘉プレゼント買えて良かったねぇ!! ウタ、マフラー見にいっていいなりかぁ??」

「ありがとっ!! もちろんいいよん♪」

二人は一回外へ出て違うデパートに入り、マフラーを探し始めた。

「美嘉っチ～このマフラーバリ似合うぅ!!!!!!」

緑色のマフラーを手に取り、美嘉の首へとぐるぐる巻きつけるウタ。

「も～美嘉に似合ってもしょうがないじゃんっ!!」

ウタは時間をかけて悩みに悩んだ末、その緑色のマフラーを買った。

「美嘉もう少し時間大丈夫なりかぁ～!?!? ちょっと外で話さない～!?!? コーヒーおごるからさぁぁぁ♪♪」

「いいよっ!!」

大きな公園の中にあるベンチの上の雪を手で払い、二人はそこに腰をかけた。

「ちょっと待っててって感ぢ～ぃ!!!!」

ウタは自動販売機まで走って缶コーヒーを買い、そして戻ってこようとした途中に、足を滑らせて転んでしまった。

心配になってウタの元へと駆け寄ると、ウタはむくっと起き上がり缶コーヒーを美嘉に差し出し、自分の頭をたたいた。

「転んじゃったぁ!!!!ウタドジだからさぁ～!!!!　あははぁ♪♪♪」

ウタの手を引いて起こし、体についた雪を払う美嘉。

「ウタ本当にケガない??　痛い所はない??　大丈夫??」

「平気だっちゃ～!!!!美嘉はお姉ちゃんみたいなりねぇ♪♪　ウタよりおチビちゃんなのにぃ～!!!!」

美嘉はアツアツの缶コーヒーをウタのほっぺにくっつけた。

「熱っ!!!!!!!!　あちちちちちちちち!!!!」

「ざま～みろぉ～♪　うけけけけけ」

ウタはほっとけないと言うか……いつも元気だけどたまに無理して笑ってるのかなって思う時がある。

「美嘉はウタのマブダチ～??????」

コーヒー片手に白い息を吐きながら問いかけるウタ。

「な～に今さら!!　当たり前っしょ♪　いきなりどうしたの??」

ウタは何も答えずに、自分の左手の薬指にはめた指輪を取り、缶コーヒーの中にポチャンと落とした。

「バカっ!! 何やってんの!?」

ウタの手から缶コーヒーを強引に奪い、雪の上に缶の中のコーヒーを出して指輪を探す美嘉。

指輪はコーヒーが全部なくなってから最後にポトンと雪の上に落ちた。

雪は冷たいけど、コーヒーに包まれていた指輪はほんのり熱をもっている。

美嘉はその指輪を拾い、ウタに差し出した。

「ほら、彼氏との大切な指輪でしょ……??」

ウタは首を横に振り指輪を受け取ろうとはせず、笑顔のまま話し続ける。

「もうダメかもしれないなりぃ～!!!!!!」

「もしかして彼氏となんかあったの??」

「あったなりぃ～ありまくり!!」

「……何があったの??」

ウタは上を向き、降っていた雪がちょうど目に入ったのか、痛そうな顔をしたが、すぐ笑顔に戻り口を開いた。

「ウタね～彼氏との赤ちゃん中絶しちゃったのだぁ!!!!!!!!」

「……中絶??」

「うん!!!!!! しかも二回もしてるなりぃ～!!!!」

明るく話すウタ。無理しているのが痛いくらいに伝わってくる。

「そうだったんだ……」

「一回目は、高校卒業したと同時にデキちゃって～仕事の都合とかあるから堕《お》ろせって言われちゃったなりぃ!!!!!! でも次は必ず産もうねって言ってくれたのだ～!!!!!!」

今何かを口にすると中途半端な言葉をかけてしまいそうだから……最後まで聞かなきゃ。

「二回目は～今年の夏に海に行った時におなかにいたんだぁ～!!!! ウタは産むつもりだったのにねっ、堕ろせって言われてお金投げつけられちゃったぁ!!!! 堕ろさないと別れるって～ウタはダーリン超好きだったから～中絶選んだなりぃ!!!!」

「ウタ……」

「でも仕方ないよねぇ!!!! ウタはダーリンが大好きだからぁ～別れたくなかったしぃ～って感じ！ ダーリンそれから冷たいんだっちゃ～!! 電話あんまり出てくれないし～困ったって感ぢなり!!!!!!」

さっき転んだ時に、頭にのった雪が解けてウタの頬を流れ、その雫が涙のように見えた。

なれるわけないってやつぅ⁉⁉」

「でも……」

ウタは美嘉が言おうとする事をわざと聞こうとせずに、話し続ける。

「男なんて～妊娠する前は産もうとか言うけど～実際デキたら堕ろせだもん。参っちゃうよねぇ‼‼‼ まぁ、男なんてみんなそうだよね～‼‼ 中絶したカップルは幸せになれるわけないってやつぅ⁉⁉」

ウタ、それは違う。男がみんなそうなわけじゃないよ。

美嘉だって赤ちゃんを、小さな命を失った。だけど、美嘉もヒロも……幸せだったよ。

美嘉は指輪をウタの手のひらに置き、その上からそっと手を握った。

「ウタ、もう我慢しないでいいんだよ。笑わなくていいんだよ……」

ウタの笑顔は一瞬にして消える。重なった手の上に、一粒の温かい雫がこぼれ落ちた。

「ウタ……ウタね、本当は産みたかったなりぃ……」

「うん、わかるよ。そうだよね」

「もぅ、ダーリンとはダメみたいなりぃ……大好きだけど。別れるって決めたなりよぉ……」

入学式の時初めてウタに出会い、自分と同じようなオーラを感じた。

似たような道を歩んできたような……そんなオーラを。

大好きな人の赤ちゃんを産みたいって思う気持ちは、みんな同じだよね。

流産してしまったとしても中絶しなければいけない理由があったとしても、赤ちゃんを想うその姿は、一人の女の子ではなく、もう一人の立派な母親なんだ。

男がみんな中絶を望んでいるわけじゃない。

一緒に喜んでくれて、一緒に希望を持って隣で歩んでくれる人は必ず世界中のどこかにいる。

ウタにこの先そういう人に出会ってほしい。

しんしんと降る雪が頭に積もり始めた頃……ウタは突然立ち上がり、持っていた指輪を遠くへと投げ捨てた。

「あぁ～、なんかスッキリしたなりぃ!!!!!!」

その顔は、何かをやりとげたような……そんな顔にも見えた。

ウタは買ったばかりの緑のマフラーを美嘉の首に巻きつける。

「やっぱりこのマフラーは美嘉に超似合うって感ぢ～!!????　本当は美嘉にプレゼントするために買ったなりぃ♪♪」

「……ありがとう」

ウタは美嘉の返事を聞くと、そのまま笑顔で走り去ってしまった。

二人の距離が遠くなった時、ウタは振り返り大きな声で叫んだ。

「美嘉～聞いてくれてありがとなりぃ!!!!!!!!　スッキリしただっちゃ♪　美嘉はウタの永遠のマブダチなりよぉ!!!!!!」

やがてウタの姿は遠くなり、見えなくなった。

美嘉の手は、ウタの涙でまだほんのり温かい。

ウタ、力になる言葉をかけてあげることができなくてごめんね。

ウタがいなくなったのを確認し、美嘉は積もった雪の中からウタが投げ捨てた指輪を探し始めた。

余計なお世話かもしれないけど、いつかウタにもっと大切な人が出来てその人との赤ちゃんを産んだ時に、この指輪をウタに渡してあげたい。

過去と向き合って生きていく事は、大切な事だと思うから。

降り続ける雪……たった一本の外灯。

必ず見つけてみせる。

「あ!!　あった～!!」

指輪を探し始めて二時間が経《た》った頃、美嘉は人目も気にせずに大声で叫んだ。

雪が積もったベンチに腰をかけ、濡れた指輪を指先でつまみ、外灯にかざしてみる。

ウタが幸せそうに、左手の薬指につけた指輪を見せびらかす幻が見えた。

大好きな人と別れるのは……とてもつらい事。

生きていれば一度はそのつらさは経験すると思う。

でもそれを乗り越えた時初めて〝未練〟は〝思い出〟に変わるの。

それには長い時間やたくさんの努力や勇気が必要だけど……前に進めない人は絶対にいない。

乗り越えられない人の前に壁は立たないんだよ。

神様は乗り越えられる人の前にしか壁を作らないの。

だからもし壁が出来て、立ち止まってしまっても、絶対に乗り越えられるんだ。

そう考えたら、怖くないよ。頑張れるよね。

美嘉もたくさんの友達や大切な人に出会って気づいた。

いつかまた目の前に壁が立ったとしたら、壊してでも乗り越えてみせる。


しんしんと降る雪の向こう側に、三年前の光景を見た。

ファミレスで赤ちゃんがデキたと報告した時、突然席を立ち上がりいなくなって……やっぱりダメかと思って不安になりうつむいていたら、あの人は突然目の前に戻ってきた。

そしてお菓子の入った赤くてちっちゃいブーツを差し出して、うれしそうに、幸せそうにこう言ったんだ。

「やったじゃん！　産もうってか産め！」

どんなに裏切られたとしても、どんなに嫌われても、たとえ一生会う事はなくても、お互いを忘れてしまう日が来ても……赤ちゃんを産んでほしいって言ってくれた。

一瞬でも美嘉のおなかの中に、二人の夢の中に赤ちゃんはいました。

それはこれからもずっとずっと消える事のない……真実。

下巻へつづく

どうして。
目を閉じれば思い出すのは
キミの笑顔ばかり。
記憶に残る2人は
いつも幸せそうで。
離れても どうして
忘れさせてくれないの？

美嘉

<初出>
本書は、スターツ出版刊行の単行本『新装版 恋空 ―切ナイ恋物語―（上）・（下）』（2018年12月）に加筆・修正したものです。


この作品は実話をもとにしたフィクションであり、人物名などは実在の人物・団体等には一切関係ありません。

一部喫煙・飲酒等に関する表記がありますが、未成年者の喫煙・飲酒等は法律で禁止されています。

物語の中に、法に反する事柄の記述がありますが、このような行為を行ってはいけません。

メディアワークス文庫

新《しん》装《そう》版《ばん》 恋《こい》空《ぞら》

—切《せつ》ナイ恋物語《こいものがたり》—(中《ちゅう》)

美《み》嘉《か》

2022年1月25日　初版発行
2024年12月10日　再版発行

発行者　山下直久
発行　株式会社KADOKAWA
〒102-8177　東京都千代田区富士見2-13-3
0570-002-301（ナビダイヤル）
装丁者　渡辺宏一（有限会社ニイナナニイゴオ）
印刷　株式会社KADOKAWA
製本　株式会社KADOKAWA

●お問い合わせ
https://www.kadokawa.co.jp/（「お問い合わせ」へお進みください）
※内容によっては、お答えできない場合があります。
※サポートは日本国内のみとさせていただきます。
※Japanese text only

※定価はカバーに表示してあります。

Printed in Japan
ISBN978-4-04-914174-0 C0193
JASRAC 出 2110417-402

メディアワークス文庫　https://mwbunko.com/

本書に対するご意見、ご感想をお寄せください。

あて先
〒102-8177　東京都千代田区富士見2-13-3
メディアワークス文庫編集部
「美嘉先生」係